William Shakespeare

新译 莎士比亚全集

THE TAMING
OF THE SHREW

【英】威廉·莎士比亚——著

傅光明——译

驯悍记

天津出版传媒集团
天津人民出版社

图书在版编目（CIP）数据

驯悍记 /(英) 威廉·莎士比亚著；傅光明译. --天津：天津人民出版社, 2023.11
（新译莎士比亚全集）
ISBN 978-7-201-19795-1

Ⅰ.①驯… Ⅱ.①威… ②傅… Ⅲ.①喜剧－剧本－英国－中世纪 Ⅳ.①I561.33

中国国家版本馆CIP数据核字(2023)第185743号

驯悍记
XUN HAN JI

出　　版	天津人民出版社
出 版 人	刘　庆
地　　址	天津市和平区西康路35号康岳大厦
邮政编码	300051
邮购电话	(022)23332469
电子信箱	reader@tjrmcbs.com
责任编辑	范　园
装帧设计	李佳惠　汤　磊
印　　刷	河北鹏润印刷有限公司
经　　销	新华书店
开　　本	880毫米×1230毫米　1/32
印　　张	6.875
插　　页	5
字　　数	138千字
版次印次	2023年11月第1版　2023年11月第1次印刷
定　　价	66.00元

版权所有　侵权必究
图书如出现印装质量问题，请致电联系调换(022-23332469)

目　录

剧情提要 / 001

剧中人物 / 001

驯悍记 / 001

《驯悍记》:"一部诙谐愉快的喜剧"　傅光明 / 175

剧情提要

一贵族打猎归来,见补锅匠斯莱醉倒在麦芽啤酒店门前,命人将他抬回贵族家,找一卧室,抬上床,裹上华丽衣裳,给他洗头,把屋子熏香,备好乐器。随后,贵族教仆人如何服侍,又叫侍童扮成贵妇模样,等他醒来,拥抱献吻,好叫"这个丈夫"确信自己恢复了神智。

斯莱醒来,几位侍者敬称他大人。斯莱说自己只是个补锅匠。但转瞬间,他便先以性命起誓,相信自己是纯正的贵族,曾娶过一位漂亮夫人;再以信仰起誓,确信在睡梦里过了十五年以上。信差来报,戏班子演员闻听他身体康复,专门前来演一出欢乐喜剧。

比萨商人文森修之子路森修,与仆人特拉尼奥来到帕多瓦。富绅巴普蒂斯塔和大女儿凯萨琳娜、小女儿比安卡,与同时向比安卡求爱的"傻老头格雷米奥"和霍坦西奥在一起。巴普蒂斯塔宣布"禁令":大女若不出嫁,小女婚事免谈!凯萨琳娜任性倔强,脾气粗暴,无人敢娶。路森修见比安卡沉静不语,温柔矜持,顿生爱意。

彼特鲁乔与仆人格鲁米奥来到帕多瓦,探望好友霍坦西奥。彼特鲁乔想讨个有钱老婆。霍坦西奥表示正好可以帮忙,但这位"淑女"爱吵架、凶悍、任性、脾气极糟。彼特鲁乔决定非此女不娶。"淑女"正是因一条骂人的舌头而名扬帕多瓦的凯萨琳娜。霍坦西奥、格雷米奥和特拉尼奥三人商定,携手出钱出力,先帮彼特鲁乔把凯萨琳娜娶到手,再分头向比安卡求婚。

格雷米奥与一身下等人装扮的路森修,彼特鲁乔和扮成乐师的霍坦西奥,特拉尼奥与侍童比昂戴洛,一起来到巴普带斯塔家。

彼特鲁乔问,若娶凯萨琳娜为妻,能得多少陪嫁?巴普蒂斯塔爽快回答,陪嫁两万克朗,待自己死后,再得一半地产。彼特鲁乔表态,婚后如果她能活过我,我要以所有地产,保证妻子的孀居财产权,并要立刻签约。说完称呼巴普蒂斯塔岳父。

巴普蒂斯塔说,谁能保证给比安卡最大笔亡夫遗产,就让她嫁给谁。格雷米奥和特拉尼奥各自炫富,一争高下。巴普蒂斯塔做出决定,特拉尼奥胜出,但必须由他父亲前来作保,否则,比安卡嫁给格雷米奥。特拉尼奥心生一计,打算去找个"冒牌的文森修。"

巴普蒂斯塔家中。教比安卡拉丁文诗句时,假扮"坎比奥"的路森修,以错误解释诗句之意,向比安卡袒露身份,表达爱意。比安卡委婉接受。

星期天婚礼日。

在教堂,主婚牧师问彼特鲁乔是否愿娶凯萨琳娜为妻,他高声喊"是"。牧师一惊,《圣经》掉地,俯身去拿,他打了牧师一巴掌,牧师连人带书倒地。待各种仪式结束,他招呼上酒,又将酒泡过的糕饼扔了教堂司事一脸,接着,搂住新娘脖子狂吻,吻得教堂满是唾唾作响的回声。

婚宴马上开席,彼特鲁乔声称有急事,必须带新娘离开。凯萨琳娜说自己啥时高兴啥时走。彼特鲁乔不由分说,表明自己"是所属之物的主人"。

彼特鲁乔回到家,挨个训斥仆人,骂他们粗笨、下贱。仆人失手,水盆坠地,他抬手就打,开口就骂。凯萨琳娜劝他忍耐,别发脾气。仆人端来烤羊肉,他责骂肉烧煳、枯焦,叫人端走,不让凯萨琳娜吃。他要像驯服猎鹰一样驯服这只"母野鹰"。接下来,他让她整宿熬夜,哪怕打个盹,也又吵又骂。他要勒住她疯狂、任性的脾气。

在帕多瓦,巴普蒂斯塔家门前,特拉尼奥和霍坦西奥见比安卡和路森修亲密交谈。路森修要比安卡成为自己心灵的女主人。霍坦西奥亮明身份,表示放弃追求比安卡,要去和一位有钱寡妇结婚。比昂戴洛路遇一位商人模样的曼图亚老人,正好骗来假冒老主人文森修。于是,他们编出一套谎话,说曼图亚人在帕多瓦一经发现,难逃一死,假扮文森修可避过祸端。

彼特鲁乔家中。连续几天,凯萨琳娜没饭吃,因缺觉头昏眼花,更招她恨的是,彼特鲁乔这么做,全打着完美爱情之名。彼特鲁乔突然说回巴普蒂斯塔家,要让凯萨琳娜穿上华贵的衣服,佩戴各种饰物。但当裁缝按事先定制,送来物品时彼特鲁乔却破口大骂,说裙服、帽子做得一团糟。凯萨琳娜表示非常喜欢,彼特鲁乔硬要拿走,美其名曰,荣耀在最卑贱的衣装里展露。

终于踏上回帕多瓦的路,太阳当头。彼特鲁乔感叹月亮那么明亮、耀眼！凯萨琳娜说是太阳！彼特鲁乔强调月亮照得那么明亮。凯萨琳娜反驳说太阳照得那么耀眼。彼特鲁乔表示立刻回家，凯萨琳娜马上改口说"月亮"。继续前行，遇一老者，彼特鲁乔称对方为美丽可爱的少女。凯萨琳娜随声附和，问嫩芽萌生的少女去哪里，家住何处。彼特鲁乔改口，说这是个憔悴的老男人，凯萨琳娜赶紧请老人家原谅。

这位老者是文森修，要前往帕多瓦，探望久别的儿子路森修。

彼特鲁乔、凯萨琳娜和文森修来到路森修家，敲门，假冒的文森修从窗口探出头。文森修一见比昂戴洛，料定他在捣鬼，动手就打。特拉尼奥责怪文森修打人。文森修弄清特拉尼奥在假扮路森修，认为他害死了自己的儿子。一仆人引来官差，特拉尼奥竟要把老主人送进监牢。路森修与比安卡从教堂结婚回来，真相大白。路森修请父亲宽恕特拉尼奥。

路森修家。巴普蒂斯塔、文森修、路森修与比安卡，彼特鲁乔与凯萨琳娜，霍坦西奥与新娶的寡妇，大家入座，边吃边聊。巴普蒂斯塔打趣女婿娶了一个十足的悍妇，彼特鲁乔否认，提议以赌为证，每位派人去叫妻子，谁的妻子最听话先来，谁赢。路森修和霍坦西奥同意赌一百克朗。比昂戴洛去"叫"比安卡，未果；又去"恳请""寡妇"，她也不来；彼特鲁乔吩咐格鲁米奥，"命令"妻子来见。凯萨琳娜转瞬即到，问丈夫有何吩咐。彼特鲁乔让她立刻把比安卡和"寡妇"叫来，不来就打。很快，两位妻子来了。凯萨琳娜讲出一番女人该顺从丈夫的道理。霍坦西奥赞佩彼特鲁乔驯服了坏脾气悍妇，路森修赞叹这真是个奇迹！

剧中人物

一贵族
克里斯托弗·斯莱 补锅匠
女店主、侍童（巴塞洛缪）、众演员、众猎人、众仆从 序幕中人物

巴普蒂斯塔 帕多瓦一富绅
文森修 比萨一老绅士
路森修 文森修之子，与比安卡相恋
彼特鲁乔 维罗纳一绅士，凯萨琳娜之求婚者
格雷米奥 比安卡之一年长求婚者
霍坦西奥 彼特鲁乔之友，比安卡之求婚者（乔装成家庭音乐教师）

特拉尼奥 路森修之仆人

A lord
Christopher Sly a tinker
Hostess, Page (Bartholomew), Players, Huntsmen, and Servants Persons in the Induction
Baptista a rich gentleman of Padua.
Vincentio an old gentleman of Pisa.
Lucentio son to Vincentio, in love with Bianca.
Petruchio a gentleman of Verona, a suitor to Katharina.
Gremio an aged suitor to Bianca.
Hortensio friend of Petruchio and suitor to Bianca (disguise himself as 'Litio', a music tutor)
Tranio Lucentio's servant

比昂戴洛 路森修之侍童	Biondello a boy in the service of Lucentio.
格鲁米奥、柯蒂斯 彼特鲁乔之仆人	Grumio、Curtis Petruchio's servants
凯萨琳娜"悍妇"、比安卡 巴普蒂斯塔之女	Katharina the "shrew"、Bianca daughter to Baptista
学究	A pedant
寡妇	A widow
裁缝	A tailor
杂货商	A haberdasher
仆人、信差数人(彼特鲁乔的仆人有纳撒尼尔、约瑟夫、尼古拉斯、菲利普和彼得)	Servants and messengers (Petruchio has servants named Nathaniel, Joseph, Nicholas, Philip and Peter)

地点

帕多瓦,有时在彼特鲁乔乡间别墅

驯悍记

本书插图选自《莎士比亚戏剧集》(由查尔斯与玛丽·考登·克拉克编辑、注释,以喜剧、悲剧和历史剧三卷本形式,于1868年出版),插图画家为亨利·考特尼·塞卢斯,擅长描画历史服装、布景、武器和装饰,赋予莎剧一种强烈的即时性和在场感。

序　幕

第一场

乡野上一麦芽啤酒店前

（女店主与克里斯托弗·斯莱上。）

斯莱　　真想揍您一顿。

女店主　　您这恶棍，就欠一副脚枷[①]！

斯莱　　您这贱货，斯莱家不出恶棍。去查史志，我家是跟着征服者理查[②]一起来的。因此，"少废

[①] 脚枷（stocks）：古时一种刑具，主要用来惩罚扰乱社会治安者，戴脚枷示众。
[②] 征服者理查（Richard Conqueror）：斯莱在此误把"狮心王理查"（Richard Coeur-de-lion）当成"征服者威廉"（William the Conqueror），前者即英格兰"金雀花王朝"第二任国王理查一世（Richard Ⅰ，1157—1199），后者为1035年年仅七岁继位的法国诺曼底公爵（duc de Normandie），1066年率军征服英格兰，10月14日在"黑斯廷战役"（Battle of Hastings）击败英王哈罗德二世（Harold Ⅱ，1022—1066），加冕成为英格兰"诺曼王朝"首任国王威廉一世（William Ⅰ，1028—1087），1066—1087年在位。

	话"①,凡事听凭自然,打住!
女店主	您打破的杯子,不赔了?
斯莱	不,一钱②不赔。算啦,圣杰罗尼米③,去你冰冷的床上暖暖身子④。
女店主	我自有良方,我去找教区治安官⑤。(下。)
斯莱	甭管区、乡、县哪儿的治安官,我要在法庭上回应他。我寸步不让,小子。叫他来,请便。(躺倒在地,入睡。)

(幕内吹响号角。一贵族偕随从打猎归来,上。)

贵族	猎人,我令你照顾好我的猎犬。让"梅里曼"缓口气⑥,——可怜的狗,累得吐白沫了。——把"克罗德"和那叫声低沉的母狗拴一块儿。看见没,小子?气味快没了,"希尔弗"在树篱的角落

---

① "少废话"(paucas pallabris):"少啰唆",原为西班牙文。
② 一钱(a denier):音译为"一德尼厄尔",德尼厄尔为一种币值很小的法国小铜钱,约合十分之一便士。
③ 圣杰罗尼米(Saint Jeronimy):斯莱将古代圣经学者圣杰罗姆(Saint Jerome, 340—420)与托马斯·基德(Thomas Kyd)《西班牙的悲剧》(*The Spanish Tragedy*)中主人公耶罗尼莫(Hieronimo)搞混了,耶罗尼莫在剧中自我提醒"耶罗尼莫,留神!算啦,算啦!"
④ 原文为"go to thy cold bed and warm thee"。朱生豪译为:"你还是钻进你那冰冷的被窝里去吧。"梁实秋译为:"你钻进你的冰冷的被窝取暖去吧。""冰冷的床"在此或指乞丐的床,即潮湿的地面。
⑤ 教区治安官(thirdborough):负责本教区治安的官员。
⑥ 让"梅里曼"缓口气(Breathe Merriman):"皇莎版"此处作"Brach Merriman",意即雌猎犬梅里曼。"梅里曼""克罗德""希尔弗"都是狗的名字。

猎人甲	嗅出了气味。这条狗,给二十镑我也不丢弃。
猎人甲	哎呀,主人,"贝尔曼"跟它一样棒。气味完全没了,它就大叫,今天有两次,都在气味快没的时候,嗅了出来。相信我,我觉得这条狗更棒。
贵族	你这蠢蛋,如果"厄科"①跑得一样快,我看它抵得上一打"贝尔曼"。每条狗都喂饱,照料好,明天还去打猎。
猎人甲	遵命,主人。
贵族	(看到斯莱。)这是什么?死人,还是醉鬼?瞧一眼,还喘气吗?
猎人乙	还有气,主人。若没有麦芽酒暖身子,哪能在这冰冷的床上睡这么香?
贵族	啊,难看的野兽!躺在那儿,多像一头猪!——阴冷的尸身②,你这样子多叫人恶心、讨厌!——先生们,我要戏弄这个醉鬼。你们觉得,若把他抬上床,裹一身漂亮的衣裳,两手戴上戒指,床边一盘顶美味的便餐,身边好些衣着华丽的侍者,等他醒过来——这乞丐会不会忘了自己是谁?
猎人甲	相信我,主人,他不忘才怪。

---

① "厄科"(Echo):似应是另一条狗的名字,意即"回声",源自古希腊神话中"厄科女神的故事",详见奥维德《变形记》。

② 阴冷的尸身(grim dead):指醉酒昏睡的斯莱活像一具尸体。

猎人乙	等他醒过来,一定觉得怪异。
贵族	活像一场虚幻的梦或虚无的幻觉。那把他抬起来,开好这场玩笑。——把他轻轻搬到我那间最漂亮的卧室,四周挂满色欲的图画。用芳香的温热水洗他难闻的脑袋,燃起香木把房间熏香。备好乐器,等他醒来时,奏一曲美妙的天籁之音。他刚要开口说话,便立刻上前,谦恭哈腰,说"阁下有何吩咐?"一个人银盆伺候,盆里盛满玫瑰水,撒上花。另一人提水壶,第三个人拿毛巾,说"阁下可要洗手?"要有人备好一身昂贵的衣服,问他穿衣有何打算。再有一人,告知他猎犬和马的情况,以及夫人如何为他的病痛心不已。让他相信他疯病发作,等他说出自己是谁——就说他在做梦,他原本是个强大的领主。就这样做,要做得自然,亲爱的先生们:只要别闹过头,这准是一场超棒的消遣。
猎人甲	主人,我向您保证,我们一定演好各自的角色,尽心殷勤,叫他觉得丝毫不比我们说的那个人差。
贵族	抬轻点儿,弄到床上,等他醒来,你们各尽其责。(几名仆人抬斯莱下。号角响起。)小子,去看看,号声怎么回事?(一仆人下。)——八成,有哪个贵

族绅士出外游玩,想在这儿歇脚。

(一仆人上。)

贵族　　如何！什么人？
仆人　　回禀主人,一戏班子演员来表达恭敬,为您效力。
贵族　　叫他们过来。

(众演员上。)

贵族　　啊,伙计们,欢迎你们。
众演员　多谢您。
贵族　　你们打算在我这儿过夜？
演员甲　如蒙赏脸,乐于效力。
贵族　　满心欢迎。——这位我记得,演过一个农夫的长子。——在戏里,您向一位淑女求婚,演得很好。我忘了您名字,但,记得那角色,适合您演,演得自然。
演员甲　我想您说的是索托①。
贵族　　一点儿不错,您演得真精彩。——好,你们来得正是时候,因为手头有个娱乐节目,你们的演技能帮上大忙。今晚有位领主要听你们的戏,但我怀疑各位的礼数,唯恐你们一见他古怪的样子,——因为这位尊驾从没看过戏,——

---

① 索托(Soto):一部旧戏中的一个角色。

迸发出欢快的情绪,冒犯他。因为,跟你们说,先生们,你们只要一笑,他就会发怒。

演员甲　别担心,主人,就算他是世上最好笑的小丑,我们也能管住自己。

贵族　(向一仆人。)去,小子,带他们去伙食房,殷勤招待每一位。家里有的都拿出来,一样也别缺。(一仆人领众演员下。)——小子,您去找我的侍童巴塞洛缪,叫他浑身上下装扮成贵妇人。完了事,把他引到那醉鬼的卧室,称他"夫人",对他恭顺。捎话给他,——若要赢得我好感——他必须举止端庄,要像他见过的那些贵妇人对待自己丈夫那样,让他对那醉鬼嗓音轻柔表示恭敬,躬身行个屈膝礼,说"大人有何吩咐?好让您的夫人、恭顺的妻子,尽本分,表爱意。"随后,——给斯莱/补锅匠一个亲热拥抱,献上诱人之吻,把头偎在他胸前。——叫他流着泪,仿佛眼见自己高贵的丈夫身体康复,狂喜不已,因为两倍七年来[①],这个丈夫相信自己就是个可怜、讨人厌的乞丐。倘若这孩子没有女人泪流满面的天分,一颗葱头能见奇效,往手

[①] 两倍七年(twice seven years):即十四年,与后文仆人甲所说"十五年来"大致等同。此处按"新牛津版","皇莎版""贝七版"均为"这七年"(this seven years)。

绢里藏一颗葱头,哪怕巴塞洛缪天生喜笑不喜哭,也能逼出一双泪眼①。尽你所能,办好这事。回头再吩咐你干别的。(仆人下。)我知道这孩子能把贵妇人的优雅、嗓音、步态、举止,装得像模像样。我想听他管酒鬼叫丈夫,想看我的仆人们,向这个傻乡巴佬儿致敬时,怎么忍住不发笑。我要进去指点一番。但愿我一露面,能减弱他们欢喜不已的脾脏②,否则,这场玩笑肯定过火。(众下。)

---

① 原文为"An onion will do well for such a shift, / Which in a napkin being close conveyed / Shall in despite enforce a watery eye"。朱生豪译为:"只要用一颗洋葱包在手帕里,擦擦眼皮,眼泪就会来了。"梁实秋译为:"手绢里藏一头葱,往眼睛上一抹也能弄得眼泪汪汪。"
② 减弱脾脏(spleen):意即控制大笑、暴怒等激烈情绪。

第二场

贵族家中一卧室

[醉鬼斯莱与众侍从自高处上,一些人手持衣服、脸盆、水壶及其他物件,贵族(一身仆人打扮)上。]

斯莱　　看在上帝分上!来一杯淡麦芽酒。

仆人甲　大人要喝杯萨克酒①吗?

仆人乙　阁下可要尝一口这些果饯?

仆人丙　阁下今天穿什么衣服?

斯莱　　我是克里斯托弗洛②·斯莱,别喊"大人",也别叫"阁下"。我这辈子从没喝过萨克酒。若给我果饯,不如来点儿腌牛肉。千万别问我要穿什么衣服,因为我有脊背,没紧身夹克;有腿,没长袜;有脚,没鞋。——不,有时候,脚比鞋多③;有时候,透过鞋面能看见脚指头。

---

① 萨克酒(sack):一种西班牙白葡萄酒。
② 克里斯托弗洛(Christophero):为"克里斯托弗"(Christopher)的变体。
③ 意即我有两只脚,却一只鞋也没有。

贵族　　愿上天终止大人这种蠢念头！啊，一个大人物，有这等出身，这等财产，如此受人尊敬，竟充满如此糟糕的一个灵魂①！

斯莱　　怎么！您要让我发疯？我不是克里斯托弗·斯莱，伯顿西斯村②老斯莱的儿子吗？小贩出身，学了做羊毛梳子的手艺，后来摇身变成耍熊的，眼下以补锅为生。去问玛丽安·哈克特，温考特③麦芽酒店的胖老板娘，问她认得我不？她若不说，光算淡麦芽酒，我就欠账十四便士，就把我算成基督教王国最会扯谎的无赖。什么话！我没昏头。这儿是——

仆人丙　啊！尊夫人为您这样子深感痛心！

仆人乙　啊！您的仆人们为此垂头丧气！

贵族　　所以，亲戚们都避开您家，好像被您奇怪的疯病打败。啊，高贵的大人，想一下您的出身，把早先遭放逐的念头唤回家，驱逐这些卑贱的梦想。瞧，仆人们多会侍候，各司其职，随时候命。来点音乐吗？听！阿波罗④在弹奏，(乐声。)笼中二十只夜莺在歌唱。要么再睡一会儿？

---

① 意即竟被魔鬼附了身。
② 伯顿西斯村(Burtonheath)：可能即临近莎士比亚家乡"埃文河畔斯特拉福德"(Stratford-upon-Avon)的"荒野上的伯顿(Burton-on-the-heath)"村。
③ 温考特(Wincot)：一村庄，位于斯特拉福德以南四英里处。
④ 阿波罗(Apollo)：古希腊神话中的音乐之神。

斯莱　　怎么！您要让我发疯？我不是克里斯托弗·斯莱……

　　　　　我们扶您去沙发床,那比特为塞米勒米斯①装
　　　　　饰的贪欲之床,更柔软甜美。您若想散步,我
　　　　　们用灯芯草铺路。要么骑马?这就给您的坐
　　　　　骑配鞍、挽具镶金,嵌满珍珠。可喜欢放鹰捕
　　　　　猎?您有比晨间云雀飞得更高的苍鹰。要么
　　　　　去打猎?您的猎犬能使苍穹应答,在空谷引来
　　　　　尖锐的回声。
仆人甲　　去猎野兔,您的灵缇犬②跑得飞快,像体力充足
　　　　　的牡鹿,对,比小鹿更快。
仆人乙　　您喜欢画吗?我们立刻拿来一幅,画上的阿多
　　　　　尼斯③站在一条奔流小溪旁,西西莉亚④藏身莎
　　　　　草丛中,莎草仿佛随她的呼吸嬉戏而动,活像
　　　　　摇动的莎草在风中玩耍⑤。

---

　　① 塞米勒米斯(Semiramis):传说中的古代亚述女王,以美貌风流著称。历史上的亚述帝国(Assyrian empire)在公元前935—公元前612年,兴起于两河流域的美索不达米亚。
　　② 灵缇犬(greyhound):一种瘦长、高大、善于奔跑的猎犬。
　　③ 阿多尼斯(Adonis):古希腊神话中的年轻猎手,被女神阿芙洛狄忒(Aphrodite)所爱,狩猎时被狩猎女神阿尔忒弥斯(Artemis)派出的野猪撞死,阿芙洛狄忒将其变为秋牡丹(或银莲花)。莎士比亚根据奥维德《变形记》第10卷中"维纳斯与阿多尼斯的故事"写成长诗《维纳斯与阿多尼斯》。
　　④ 西西莉亚(Cytherea):即爱神阿芙洛狄忒/维纳斯。
　　⑤ 原文为"Which seem to move and wanton with her breath / Even as the waving sedges play with wind"。朱生豪译为:"那芦苇似乎因为受了她气息的吹动,在那里摇曳生姿。"梁实秋译为:"芦苇好像是被她的喘息所吹动,有如在风中款摆一般。"

贵　族　　我们要给您看处女伊娥①,如何受蛊惑、遭攻击,画得鲜活逼真。

仆人丙　　要么看达芙妮②在荆棘丛中游荡,双腿划伤,谁都敢说,她在流血。阿波罗看了,一定伤心落泪。那血、那泪,画得那么精细。

贵　族　　您是个贵族,纯正的贵族,您有一位夫人,远比这衰落年头任何一个女人都漂亮。

仆人甲　　在她为您流淌的泪水,像怀恨的洪流漫过可爱的面庞之前,她是世上最美的造物。即便眼下,也不比谁差。

斯　莱　　我是贵族?有这么一位夫人?要么我在做梦?要么直到此刻一直在梦里?我没睡觉。我看得清,听得见,能说话,能闻出甜美的味道,觉出柔软的东西。——我以性命起誓,我真是个贵族,不是补锅匠,不是克里斯托弗·斯莱。好,把夫人带我眼前来,再说一遍,来一杯最淡的麦芽酒。

仆人甲　　可否请尊驾洗洗手?(仆人奉上水壶、脸盆和毛巾。)啊!见您意识恢复我们真高兴!啊!您能再

---

①　伊娥(Io):古希腊神话中的美少女,被宙斯(Zeus)所爱,遭天后赫拉(Hera)嫉妒。一次宙斯与伊娥的幽会中,为躲避赫拉监视,宙斯将伊娥变成一头母牛。

②　达芙妮(Daphne):传说仙女达芙妮为逃避太阳神阿波罗的纠缠求爱,向阿尔忒弥斯求助,被变成一棵月桂树,后被视为月桂女神。"阿波罗与达芙妮的故事"详见奥维德《变形记》。

次认准自己是谁！十五年来，您一直在梦里，哪怕醒来，醒着如同睡着。

斯莱　　十五年！以我的信仰起誓，这个盹儿好长。那整个时间，我没说过话？

仆人甲　　啊！说过，大人，尽说疯了吧唧的话，您分明睡在这间好看的卧室，却说自己被人打出门，还痛骂酒店老板娘，说要把她告上民事法庭①，因为她用陶酒罐打酒，不用法定的夸脱盛酒。有时候，您会大声吆喝西塞莉·哈克特。

斯莱　　对，那是老板娘的女仆。

仆人丙　　哎呀，大人，您哪知道什么酒店，什么女仆，也没您数出来的这些人，——什么斯蒂芬·斯莱、格里特②的老约翰·纳普斯，还有彼得·图尔福、亨利·潘佩内尔，连名带姓二十来个，这些人，根本不存在，谁也没见过。

斯莱　　现在，感谢上帝，我恢复好了！

众人　　阿门！

斯莱　　谢谢你③，你不会吃亏的。

---

① 民事法庭（leet）：设在封建领主宅邸内的临时民事法庭，专门解决轻微的民事纠纷，如卖酒分量不足。下文便说及酒店老板娘给客人打酒分量不足，因其不用"法定的夸脱盛酒（sealed quarts）"，即"经官家盖印批准的夸脱盛酒器"。

② 格里特（Greet）：位于格洛斯特郡（Gloucestershire）距斯特拉福德不远处一小村庄。"第一对开本"此处为"希腊"（Greece），显然有误。

③ 谢谢你（I thank thee.）：这句话应是对仆人丙说的。

(侍童扮作贵妇偕侍从等上。)

侍童　　我高贵的主人可好?

斯莱　　以圣母马利亚起誓,过得好,这儿吃的喝的都好。我老婆在哪儿?

侍童　　这儿,高贵的主人。你要她做什么?

斯莱　　您是我老婆,为何不喊我丈夫?仆人们才叫我"主人"。我是您"当家的"。

侍童　　是我的丈夫兼主人,我的主人兼丈夫。我是一切顺从您的妻子①。

斯莱　　搞懂了。——那该怎么称呼?

侍童　　夫人。

斯莱　　爱丽丝夫人,还是琼安②夫人?

贵族　　"夫人",没别的了。贵族们都这么称呼妻子。

斯莱　　老婆夫人,他们说我在睡梦里过了十五年以上。

侍童　　唉,对于我,好似三十年,这整个时间,把我从你床上放逐。

斯莱　　仆人们。——离我和她远点儿。(众侍从下。)——夫

---

① 参见《新约·彼得前书》3:1:"作妻子的,你们应顺从自己的丈夫。"《哥林多前书》11:3:"基督是每一个人的头;丈夫是妻子的头;上帝是基督的头。"《以弗所书》5:22—23:"作妻子的,你们要顺从自己的丈夫,好像顺从主。因为丈夫是妻子的头,正如基督是教会——他的身体——的头,也是教会的救主。"另见第五幕第二场,凯萨琳娜对寡妇说:"你的丈夫,就是你的主人,你的生命,你的保护人,你的头,你的君主……一个女人之顺从丈夫,犹如臣民顺从帝王。"

② 爱丽丝(Alice)和琼安(Joan),均非当时上流社会贵妇人的名字。

人,脱衣服,赶紧上床。
侍童　三倍高贵的主人,我要恳求您,再宽容一两夜,要不,实在不行,等太阳落山,因为您的医生明言相告,我还不能上您的床,那样有危险,会引发旧病。事出有因,希望这个理由立得住。
斯莱　它立着呐,硬等①,等不多久。但我不愿再坠入梦中。所以,尽管肉身欲火,只能干等。

(一信差上。)

信差　演员们听说阁下您康复,来给您演一出欢乐喜剧。医生们说这很适宜,因为太多悲伤使您血液凝固,忧郁是狂乱的奶妈。因此,他们认为听戏对您有好处,能让您开心快乐,能阻止千次伤害,延长寿命。②
斯莱　以圣母马利亚起誓,我要看。让他们演吧。"喜跳"③是不是一种圣诞节蹦呀跳呀或翻跟头的把戏?
侍童　不,我高贵的主人,比那玩意儿更开心。
斯莱　怎么,演家里的零碎事儿?

---

① 此处含性意味,暗指我勃起了,不能等那么久。
② 参见《旧约·箴言》15:13:"喜乐之人,面带笑容;/悲愁之人,神情颓丧。"17:22:"喜乐如良药使人健康;/忧愁如恶疾致人死亡。"
③ "喜跳"(comonty):斯莱发音时,把"喜剧"(comedy)和"蹦蹦跳跳"(gambold)混在一起。

侍童　　演个故事。

斯莱　　好,咱们看戏。——来,老婆夫人,挨着我坐,(各自坐下。)让世界悄然流逝,我们不再年轻。(喇叭奏花腔。)

斯莱　　好,咱们看戏。——来,老婆夫人,挨着我坐,(各自坐下。)让世界悄然流逝,我们不再年轻。

第一幕

第一场

帕多瓦[1],一广场

(路森修与仆人特拉尼奥上。)

路森修　特拉尼奥,我早有宏愿,要看美丽的帕多瓦,艺术的苗圃[2],如今我来到丰饶的伦巴第[3],伟大的意大利快乐的花园。受家父宠爱和允准,带着他的美好意愿,还有你的美好陪伴,我可靠的仆人,证明一切很好。让我们在这儿歇口气,也许就此开启求知、研学的历程。比萨[4],以公民博学著称,家父和我都生在那里,家父文森修出身于本蒂沃利家族[5],是个商人,生意广布世界。身为文森修

---

[1] 帕多瓦(Padua):位于意大利北部的历史文化名城。
[2] 艺术的苗圃(nursery of arts):建于1222年的帕多瓦大学,是莎士比亚时代最著名的大学之一,也是世界最古老的中世纪大学之一。
[3] 伦巴第(Lombardy):帕多瓦不在伦巴第,此处泛指意大利北部伦巴第地区。
[4] 比萨(Pisa):意大利北部历史文化名城,有多所欧洲著名大学。
[5] 本蒂沃利(Bentivolii)家族:历史上,本蒂沃利家族世居博洛尼亚(Bologna)。

　　　　　　　长子,我在佛罗伦萨长大,自当实现其所有希望,以善行增加财富①。所以,特拉尼奥,在我求学期间,我要研修美德,以及专门讨论由美德获取幸福的那部分哲学②。说说你的想法,因为我已离开比萨,来到帕多瓦,好比离开一处浅池,投身大海,用饱满的求知欲来解渴③。

特拉尼奥　"请原谅"④,我高贵的主人,对您的想法我深有同感,很高兴您这样坚持决心,去吸吮甜美的哲学之芬芳。只是,仁慈的主人,咱们在钦慕这种美德和这种道德纪律时,既别变成斯多葛派⑤,也别变成木头人,或如此潜心

---

① 原文为"It shall become to serve all hopes conceived / To deck his fortune with his virtuous deeds"。朱生豪译为:"必须勤求上进,敦品力学,方才不致辱没了家声。"梁实秋译为:"他应该不负众望,努力进修,为他的身世增光。"

② 此为古希腊哲学家亚里士多德(Aristotle, 公元前384—公元前322)的伦理学,亚里士多德认为美德是获取幸福的必要条件。原文为"Virtue and that part of philosophy / Will I apply that treats of happiness / By virtue specially to be achieved"。朱生豪译为:"用在研究哲学和做人的道理上,寻求通过德性得到幸福。"梁实秋译为:"要特别致力于品德的砥砺,以及讲到如何藉美德而获致幸福的那一部门的哲学。"

③ 原文为"And with satiety seeks to quench his thirst"。朱生豪译为:"希望满足他的焦渴一样。"梁实秋译为:"想要痛饮解渴。"

④ "请原谅"(Mi perdonato):原为意大利文,即英文"pardon me"。

⑤ 斯多葛派(stoics):在此指禁欲主义者。斯多葛派是公元前300年左右在雅典创立的古希腊哲学学派,创始人为塞浦路斯(Cyprus)的芝诺(Zeno, 公元前336—公元前264)。

	于亚里士多德的克己忠告,而把奥维德[①]视为弃儿完全放弃[②]。跟您相识之人争辩逻辑,在平日交谈中训练修辞;用音乐和诗歌激发自我;数学和玄学,一旦有了胃口,不妨拿来消化;[③]无乐趣可得,亦无利可获。总之,先生,学您最喜欢学的。
路森修	多谢,特拉尼奥,你的建议很到位。等比昂戴洛一上岸[④],咱们就立刻着手,找一适当住处,以便日后款待在帕多瓦结交的朋友。但稍等,来的什么人?
特拉尼奥	主人,有一场什么表演,欢迎我们进城。

[巴普蒂斯塔与两个女儿凯萨琳娜和比安卡、傻老头[⑤]格雷米奥、霍坦西奥(比安卡的求婚者)上,路森修与特拉尼奥一旁站立。]

巴普蒂斯塔	二位先生,别再强求我,因为你们知道我

---

① 奥维德(Ovid,公元前43—17):古罗马最具影响力的诗人之一。此处尤指奥维德在公元1年,写出传授爱的技巧的《爱的艺术》(*Art of Love*),旧译《爱经》。

② 原文为"As Ovid be an outcast quite abjured"。朱生豪译为:"而把奥维德的爱经全盘抛弃"。梁实秋译为:"而把奥维德完全弃绝"。

③ 此句为对古罗马诗人贺拉斯(Horace,公元前65—8)名言"把实用与乐趣结合之人终获一切("he who has mixed usefulness with pleasure has gained every point.")。"的化用。

④ 帕多瓦是内陆城市,但莎士比亚在此设置了一处港口,或因16世纪意大利北部运河交错之故。

⑤ 比安卡(Bianca):意大利语,语义为"白"(white)。傻老头(pantaloon):意大利16世纪即兴喜剧中的老丑角。

	决心多么坚定。那就是,在我大女儿找到丈夫之前,小女儿先不婚嫁。倘若您二位中的哪位爱凯萨琳娜,因我对你们多有了解,深有好感,你们尽可随意向她求婚。
格雷米奥	干脆用车拉她去游街①。对我来说,她太粗暴。——喂,喂,霍坦西奥,您想讨老婆吗?
凯萨琳娜	(向巴普蒂斯塔。)我恳求您,父亲,您想让我给这两个臭男人当笑料②?
霍坦西奥	"臭男人",姑娘!您这话什么意思?没男人娶您,除非您的性子变得更温情、更柔和③。
凯萨琳娜	说实话,您永不需要担心,真的,她半点儿心思没有。如果有的话,那心思便不用怀疑,一定要用三角凳给您梳头,抓个满脸花,把您当傻丑来对待。
霍坦西奥	仁慈的主,把我们从这些恶魔手里救出来!
格雷米奥	还有我,仁慈的主!
特拉尼奥	(旁白。向路森修。)嘘!主人,这儿有好戏马上开场。这姑娘彻底疯了,否则,倔得出奇。

---

① 用车拉着游街示众,是当时对妓女的一种惩罚措施。

② 当笑料(make a stale of me):凯萨琳娜意在反讽格雷米奥上句话:父亲,您想让这两个臭男人取笑我,像看拉车游街的妓女一样?臭男人(mates):"mates"有"伴侣""配偶""丈夫"之意。凯萨琳娜意思是:粗鲁的臭男人休想当我丈夫。

③ 原文为"Unless you were of gentler, milder mould"。直译为:"除非您是更温情、柔和的模范。"

路森修	（旁白。向特拉尼奥。）但我见另一位姑娘沉静不语。处女的温柔品性，矜持有度。安静，特拉尼奥！
特拉尼奥	（旁白。向路森修。）说得妙，主人。别吭声！饱眼福。
巴普蒂斯塔	二位先生，我刚说过的话，估计很快能兑现。——比安卡，你先进去，别让自己不高兴，好比安卡，因为我会分毫不少地疼爱你，我的女儿。
凯萨琳娜	好一个受宠的宝贝儿！最好把手指放进眼睛里，她知道为什么①。
比安卡	姐姐，我不称心，您如意。——父亲，我恭敬顺从您的意愿。书籍和乐器将与我做伴，我自会看书、操琴。
路森修	听，特拉尼奥！分明听见密涅瓦②在说话。
霍坦西奥	巴普蒂斯塔先生，您怎么如此冷淡？很抱歉，我们一番好意，却害得比安卡伤心。
格雷米奥	巴普蒂斯塔先生，您因何为了这个地狱的魔鬼，把她关在笼里，因为姐姐的舌头叫

---

① 凯萨琳娜对比安卡冷嘲热讽说反话，意即她最会装哭，懂得什么对自己好。原文为"It is best / Put finger in the eye, an she knew why"。朱生豪译为："她还是回去哭一场吧。"梁实秋译为："你若是伤心就用手指揉着眼睛哭吧。"

② 密涅瓦（Minerva）：古罗马神话中的智慧、战争、月亮和记忆女神，也是手工业者、学生和艺术家的保护神，罗马十二主神之一。

	妹妹忍受苦行？
巴普蒂斯塔	二位先生,放宽心,我主意已定。——比安卡,进去。(比安卡下。)——我深知她最喜爱音乐、乐器和诗歌,想请几位与她年龄相仿的家庭教师来家里指导。要是您,霍坦西奥,或是您,格雷米奥先生,有合适人选,可推荐前来,对有才艺之人,我会十分善待,为自己孩子的良好教养,我毫不吝啬。那再会吧。——凯萨琳娜,你可以留下。我还有话,要同比安卡说。(下。)
凯萨琳娜	哎呀,本以为我也可以走,不可以吗?什么?要由别人指定时间,好像,我真不知道带上什么、留下什么①?哈!(下。)
格雷米奥	您可以去找魔鬼他老娘。您天分这么高,这儿没谁能留住您。——女人的爱没什么大不了,霍坦西奥,好在咱们能凑在一起,吹着指甲慢慢熬②,想法活命。咱们的糕饼都成了生面团③。再见。不过,因我对亲爱的比安卡有一份爱意,她所喜爱的

---

① 意即好像不知如何替自己选择。
② 吹着指甲慢慢熬(blow our nails):指天寒无火,靠给手指头哈气取暖,只能苦熬强忍。
③ 意即咱们两人都不走运,谁也没成事。原文为"Our cake's dough on both sides"。朱生豪译为:"我们的希望落了空。"梁实秋译为:"我们两个的情形都糟透了。"

	功课,无论如何,我若遇见适当之人能教她,会推荐给她父亲。
霍坦西奥	格雷米奥先生,我也会。不过,请听我说句话。尽管咱们争吵的本性永无法容忍谈判,但现在要明白,考虑一下,这关系到咱们俩——为能接近咱们美丽的情人,并成为比安卡爱情上的快乐情敌,——特别需要合力做成一件事。
格雷米奥	请问,这话何意?
霍坦西奥	以圣母马利亚起誓,先生,给她姐姐找个丈夫。
格雷米奥	找个丈夫?找魔鬼吧。
霍坦西奥	我是说,找丈夫。
格雷米奥	我是说,找魔鬼。你想,霍坦西奥,虽说她父亲很有钱,但哪个男人那么傻,要把地狱魔女娶回家?
霍坦西奥	嘘,格雷米奥!虽说你我都耐不住性子,受不了她响亮的战斗警号①,哎呀,老兄,天底下有这样的好男人,如能赶上一位,就会把她娶了去,连同一切缺点和足够的钱财。
格雷米奥	这事说不准,但搁在这种情况,我倒愿收下她的嫁妆,——那就是,每天清晨在大十字

---

① 响亮的战斗警号(loud alarums):说话大嗓门的聒噪。

	架①上挨鞭子。
霍坦西奥	的确,如您所说,烂苹果里难挑出好果子②。不过,算了。既然这条禁令③把咱们变成朋友,那就维持好交情,直到帮巴普蒂斯塔的大女儿找到丈夫,小女儿可以自由选丈夫,咱们再重做情敌。——可爱的比安卡!——愿幸福归于获胜者!谁跑得快谁得戒指④。您意下如何,格雷米奥先生?
格雷米奥	我赞同。有谁开始向她求爱,全力追她、娶她、睡她、把她从家里弄走,我愿把帕多瓦最好的马送给他!赶快。(格雷米奥与霍坦西奥下,特拉尼奥与路森修留场。)
特拉尼奥	先生,请告诉我,——难道爱情能这么突然抓住一个人?
路森修	啊,特拉尼奥!我从不觉得有这个可能,直到发现那是真的。可你看,我站在这里悠闲

---

① 大十字架(high cross):指立于镇中心或集市广场中央基座上高大的十字架。

② 原文为"There's small choice in rotten apples"。直译为"烂苹果里没什么挑选余地。"朱生豪译为:"两只烂苹果之间没有什么选择。"梁实秋译为:"一堆烂苹果是没有什么好挑捡的。"

③ 这条禁令(bar in law):巴普蒂斯塔制定的先嫁大女儿,再嫁小女儿的家规。

④ 旧时长枪比武竞赛,用手中矛枪挑起戒指者为胜方。此处的戒指代指"婚戒"(wedding ring),与"女阴"(vagina)具双关意。霍坦西奥的意思是:到时咱俩这对情敌谁是获胜一方,先得到"婚戒",谁就能赢得比安卡。

	旁观，慵懒中却发觉"相思花"爱的效力①。特拉尼奥，我现在向你如实坦白，——你是我亲信，也算亲人，像安娜之于迦太基女王②，——特拉尼奥，我若不能赢得这位年轻端庄的姑娘，特拉尼奥，我会燃烧、痛苦、毁灭。给我出主意，特拉尼奥，因为我知道你行。帮助我，特拉尼奥，因为我知道你能。
特拉尼奥	主人，现在不是责怪您的时候。责骂驱不走心底情爱，如果爱情染上身，您无非只能——"用最少赎金赎回自己"③。
路森修	多谢，老弟。继续，很受听，因你意见妥当，余下的话一定合我意。
特拉尼奥	主人，那位小姐，您看了那么久，对全部精髓可能并未在意。
路森修	啊，正相反，我看到她甜美的面容，恰似阿格

---

① 原文为"I found the effect of love in idleness"。"love in idleness"与"相思花"（love-in-idleness，即三色堇，俗称爱懒花）具双关意。

② 原文为"As Anna to the Queen of Carthage was"。朱生豪未译，梁实秋译为："犹如安娜之对于迦泰基的女王。"相传迦太基女王狄多（Dido）把妹妹安娜（Anna）视为闺蜜，袒露心事，告知其自己爱上逃亡的特洛伊王子埃涅阿斯（Aeneas）。事见古罗马诗人维吉尔《埃涅阿斯纪》。

③ "用最少赎金赎回自己"（Redime te captum quam queas minimo）：原为拉丁文，意即"尽所能让自己摆脱束缚。"朱生豪未译，梁实秋译为："尽可能的付出最小的代价赎回你的自由"。此句出自古罗马共和国喜剧家泰伦斯（Terence, 公元前195—公元前159）《宦官》（*Eunuchus*），莎士比亚引自英国古典拉丁文语法家威廉·利利（William Lily, 1468—1522）《拉丁文语法》（*Latin Grammar*）。

　　　　　　　　　诺尔的女儿①，
　　　　　　　　　　伟大的周甫②为向她躬身吻手，
　　　　　　　　　　双膝跪在克里特岛的海滩上。
特拉尼奥　　　没看到别的？您没注意到她姐姐如何张口骂人，掀起那么一场风暴？凡人的耳朵怕受不了这喧嚣。
路森修　　　　特拉尼奥，我见她珊瑚般的双唇一开一合，
　　　　　　　　　她用呼吸使空气充满芳香。
　　　　　　　　　我见她身上一切神圣香甜。
特拉尼奥　　　（旁白。）不，那此时，该把他从恍惚中唤醒。——请您，醒来，先生。您若爱这姑娘，要集中思想、智慧去赢得她。③照这个情况：她姐姐脾气那么坏、那么凶悍，在那位父亲把她嫁掉之前，主人，您的心上人只好守在家里做处女，所以，这样把她牢牢关在家里，就能免遭求婚者烦扰。
路森修　　　　啊，特拉尼奥，多狠心的一位父亲！但你

---

① 阿格诺尔的女儿(the daughter of Agenor)：即欧罗巴(Europa)。传说阿格诺尔为古希腊神话中海神波塞冬之子，腓尼基国王，天神宙斯爱上他的漂亮女儿欧罗巴，将其变成一头公牛，诱拐到克里特岛。在古罗马神话中，宙斯变为朱庇特(周甫)。事见奥维德《变形记》第二卷。

② 周甫(Jove)：古罗马神话中的众神之王朱庇特(Jupiter)。

③ 原文为"Bend thoughts and wits to achieve her"。朱生豪译为："就该想法把她弄到手里。"梁实秋译为："就要用尽心思去得到她。"

	没听他说,他在费心寻找能指导女儿的、有才艺的家庭教师?
特拉尼奥	啊,以圣母马利亚起誓,听见了,先生。我现在有了妙计。
路森修	我也有了,特拉尼奥。
特拉尼奥	主人,以我的手起誓,咱们计策一致,不谋而合。
路森修	先说你的。
特拉尼奥	您要做家庭教师,去指导那姑娘。这是您的妙计。
路森修	正是。能办到吗?
特拉尼奥	不可能。因为谁能代替您,在帕多瓦这儿假扮文森修的儿子,打理家务,继续求学,欢迎宾朋,拜访乡亲,并宴请他们?
路森修	"够了"①。你放心,我有全套办法。我们尚未去过任何人家里,没人分得清咱们主仆这两张脸。接下来,这么办:——你顶替我,特拉尼奥,做主人,像我那样,打理家务,拿出派头,使唤仆人。我要变成另一个人,佛罗伦萨人,那不勒斯人,或比萨的下层人。妙计孵出壳,就这么办。——特拉尼奥,马上

---

① "够了"(Basta):原为意大利语,意即"足够"(enough)。

脱下外套,戴上我的彩帽①,披上我的斗篷。(两人交换衣装。)等比昂戴洛来了,他伺候你。但叫他管好舌头,我先要镇住他。

特拉尼奥　您需要这样做。简单说,既然您乐意如此,我只好从命,——因为道别时,您父亲这样吩咐我:"把我儿子伺候好喽",是这话,尽管我觉得他另有所指,——但因我深爱路森修,我乐意变成路森修。

路森修　　特拉尼奥,就这样,因为路森修恋爱了。让我变成一个奴隶,去赢得那姑娘,她倏然一瞥,捕获了我受伤的眼睛②。

(比昂戴洛上。)

路森修　　捣蛋鬼来了。——小子,您去哪儿了?

比昂戴洛　我去哪儿了?不,怎么回事!您在哪儿?主人,是我的同伴特拉尼奥偷了您的衣服?还是您偷了他的?还是两人互相偷?请问,这是怎么回事?

路森修　　小子,过来,不是开玩笑的时候,所以您的举止要适应这种场合。您的同伴特拉尼奥,为救我活命,在这儿穿上我的衣服,扮作我的

---

① 伊丽莎白时代,主人衣着光鲜靓丽,仆人通常为素朴的蓝制服。
② 受伤的眼睛(wounded eye):暗指丘比特的金箭已射穿他的眼睛。

路森修　　小子,过来,不是开玩笑的时候,所以您的举止要适应这种场合。

	样子,我要逃命,穿上他的,因上岸后在一场争吵中,我杀了个人,唯恐被人发现。为了活命,我要离开这里,在此期间,我命令您,得适应,把他伺候好。懂了吗?
比昂戴洛	我,先生?一点儿不懂。
路森修	您嘴里不能出一声特拉尼奥,特拉尼奥已变成路森修。
比昂戴洛	他反倒好了。但愿我也这样变!
特拉尼奥	说实话,小听差,我还有下一个愿望,愿路森修真把巴普蒂斯塔的小女儿娶到手。但,小子,并非为我,而为您主人的缘故,我劝您在各类朋友面前谨言慎行。私底下,呃,我还是特拉尼奥。但在别的地方,我都是您主人路森修。
路森修	特拉尼奥,咱们走。还有件事,你亲自去做,——把自己变成一个求婚者。你若问为什么,——这么说吧,我的理由既充分,又有分量。(众下。)

(舞台上方序幕中的演员们彼此交谈①。)

仆人甲	大人,您在打瞌睡。没留神听戏。

---

① 这一句为舞台提示。序幕中的演员们虽已在剧情之外,却仍留在舞台上方。这是伊丽莎白时代剧场里常有的情形,莎剧中却不多见。

斯莱　　在听,以圣安妮①起誓,我在听。题材不错,真的。还没演完?

侍童　　大人,刚开场。

斯莱　　真是一部非常棒的戏,老婆夫人。恨不得这就算完了!(他们坐下听戏。)

---

① 圣安妮(Saint Anne):圣母马利亚之母,耶稣的外祖母。

第二场

帕多瓦，霍坦西奥家门前

（彼特鲁乔与仆人格鲁米奥①上。）

彼特鲁乔　　维罗纳②，我暂时离别，去探访在帕多瓦的朋友。但在所有朋友中，霍坦西奥是我最为深爱、证明可靠的朋友，我认出这是他家。这儿，小子，格鲁米奥，喂，敲吧。

格鲁米奥　　敲，先生？我该敲谁？谁虐待③了尊驾？

彼特鲁乔　　坏蛋，我说，给我使劲敲这儿。

格鲁米奥　　敲您这儿，先生？哎呀，先生，我是谁，先生，该敲您这儿吗？

彼特鲁乔　　坏蛋，我说，在这门前给我敲，好好敲，敲不好，我敲您这无赖的脑袋。

格鲁米奥　　我的主人变得爱斗嘴。——如果我先敲您，

---

① 格鲁米奥（Grumio）：有"马夫"（groom）之含义。
② 维罗纳（Verona）：意大利北部历史文化名城，素有"小罗马"之称。
③ 虐待（rebused）：发音相近，对"abused"产生误用。

敲完就知道下场多糟糕。
彼特鲁乔 不打算照我说的做?说真的,小子,如果您不敲,我就拿它当圆门环①。我要看您怎么尖叫,唱出一个音节②。(拧他耳朵。)
格鲁米奥 救命,先生们③,救命!我的主人疯了。
彼特鲁乔 现在,我叫您敲,坏小子。

(霍坦西奥上。)
霍坦西奥 怎么回事?吵吵什么?——我的老友格鲁米奥!——好友彼特鲁乔!——在维罗纳一切可好?
彼特鲁乔 霍坦西奥先生,您来劝架吗?我可以说"满心高兴,幸会"④。
霍坦西奥 "欢迎做客,最尊贵的彼特鲁乔先生。"⑤——站起来⑥,格鲁米奥,站起来。我们来解决这场争吵。

---

① 原文为"I'll ring it"。意即我就拧您耳朵。"圆门环"或"细圆环"(ring)与"拧"(wring)具双关意。

② 意即我要拧你耳朵,疼得你大声叫唤。

③ 先生们(masters):"第一对开本"此处作"夫人"(mistress)。"先生们"可能是对着观众说的。

④ 意即"在此巧遇,满心欢喜"(Con tutto il cuore, ben trovato):原文为意大利语。

⑤ "欢迎做客,最尊贵的彼特鲁乔先生"(Alla nostra casa ben venuto, molto honorata signor mio Petruchio):原文为意大利语。

⑥ 站起来(rise):从剧情看,应是彼特鲁乔拧格鲁米奥的耳朵,疼得他捂着耳朵蹲下身子。

格鲁米奥	不,他用拉丁语告我状①,先生,无所谓。您看,先生,我辞了他这份差事算违法吗?——他叫我敲他,使劲儿敲,先生。——唉,仆人这么对待主人合适吗?也许,就我所见到的一切,三十二点,——多一点,有点儿过分②。 谁来祷告上帝,先狠敲上一顿, 格鲁米奥随后的下场不会糟糕。
彼特鲁乔	一个没脑子的坏东西!——好心的霍坦西奥,叫这捣蛋鬼敲您门,死活使唤不动。
格鲁米奥	敲门!——啊,诸天!您没这么说吗?——"小子,给我敲这儿,敲这儿,给我好好敲,给我使劲儿敲"?这会儿又说——"敲门"?
彼特鲁乔	小子,走开,否则,我劝您,闭上嘴。
霍坦西奥	彼特鲁乔,耐心。我是格鲁米奥的担保人。哎呀,您和他之间,这情形真糟,格鲁米奥是您用了很久、可靠、讨人欢心的仆人。现在告诉我,亲爱的朋友,哪阵幸运的狂风把您,从老维罗纳,吹来帕多瓦?
彼特鲁乔	就是那阵把年轻人吹散到世界各地的风,吹

---

① 格鲁米奥分不清彼特鲁乔与霍坦西奥的对话是拉丁语还是意大利语,除了"彼特鲁乔"这个人名。所以,他误以为彼特鲁乔在用拉丁语向霍坦西奥指控他。

② 原文为"two and thirty, a pip out"。"三十一点"是一种纸牌游戏,集满点数(三十一点)为赢。此处以"三十二"点多一个点来调侃仆人敲主人这件事"有点儿过分"。

得他们出外寻找财富,守在家里,不长见识。简单说,霍坦西奥先生,我的情况是这样:家父安东尼奥去世,我把自身投入这座迷宫①,愿尽我所能,交上好运,讨个老婆,生意红火。我钱袋里有克朗②,家里有财产,所以,出门见世面。

霍坦西奥　彼特鲁乔,那我可否直言相告,引荐你讨一个凶悍的坏脾气老婆?对我这忠告,你不会感谢半点。但我能向你保证,她会很有钱,非常有钱。只是你我情谊太深,我不愿为你引荐。

彼特鲁乔　霍坦西奥先生,你我之间的交情,几句话足矣。因此,如果你认识哪个有钱女子,钱多得能做我老婆,——因为财富是我求婚舞的副歌③——哪怕她像弗洛伦提乌斯④所爱之

---

① 这座迷宫(this maze):指帕多瓦。
② 克朗(crowns):一种铸有王冠(crown)的金币(gold coins)。
③ 原文为"As wealth is burden of my wooing dance"。意即对我来说,求婚舞是主歌,发财是副歌,我要借求婚发笔财。朱生豪译为:"我的目的本来是要娶一位有钱的妻子。"梁实秋译为:"那么我求婚本来就为的是图财。"
④ 弗洛伦提乌斯(Florentius):诗人约翰·高尔(John Gower, 1330—1408)长诗《一个情人的忏悔》(Confessio Amantis)中的骑士,答应一位丑妖婆,只要她能解开让他命悬一线的谜语,便娶她为妻。

　　　　　　　人一样丑,像西比尔①一样老,像苏格拉底的赞西佩②一样凶悍、爱吵架,甚至更凶,也无法影响我,至少,消不掉我体内情感的锋芒③,哪怕她粗暴得像汹涌的亚得里亚海。为讨个有钱老婆,我来到帕多瓦,只要有钱,在帕多瓦就能享福。

格鲁米奥　　不,您瞧,先生,他把怎么想的,说得直截了当。哎呀,给他足够的金币,让他娶个木偶、或装饰小人儿④。要么娶个脑瓜顶一颗牙不长的巫婆,哪怕她周身的病,比五十二匹马身上的病还多。哎呀,只要来了钱,一切没差错。

霍坦西奥　　彼特鲁乔,既然说到这一步,我得把开头说的玩笑,继续下去。彼特鲁乔,我可以帮你讨个老婆,财富足够多,年轻、美丽,最好的教养使她成为淑女。她唯一的缺点,——这

---

① 西比尔(Sibyl):古希腊神话中的女先知,相传太阳神阿波罗爱上库迈的西比尔(Sibyl of Cumae),赐予她预言的能力,而且,只要手里尘土尚存,便能活命。但西比尔忘了向阿波罗索要永恒的青春,最后日渐憔悴,终成一具空壳。

② 苏格拉底的赞西佩(Socrates' Xanthippe):赞西佩(Xanthippe),旧译冉提庇,公元前5世纪,古希腊哲学家苏格拉底之妻。相传赞西佩以悍妇形象著称于世,凶悍无比。

③ 原文为"not remove, at least, / Affection's edge in me"。朱生豪译为:"也不会影响我对她的欲念。"梁实秋译为:"至少不能消除我心里的情感。"

④ 装饰小人儿(aglet-baby):装饰在花边标牌或细绳上的小人像。

	个缺点够受的——叫人无法容忍,爱吵架、凶悍、任性,脾气坏得超过一切估量①,哪怕我家境远比现在糟,给我一座金矿,也不娶她!
彼特鲁乔	霍坦西奥,安静!你不清楚金币的效力。把她父亲的名字告诉我,就够了。因为我对她要强登上船②,哪怕她像秋日云层破裂时的霹雳,破口大骂③。
霍坦西奥	她父亲是巴普蒂斯塔·米诺拉,一位和善、谦恭的绅士。她的名字是凯萨琳娜·米诺拉,因一条骂人的舌头名扬帕多瓦。
彼特鲁乔	我认识她父亲,却不认识她,她父亲与先父很熟。霍坦西奥,见不到她,我不睡觉,因此,请恕我如此唐突,刚见面,就要话别,除非您陪我同往。
格鲁米奥	我求您,先生,趁怪念头没变,让他去。我敢保证,她若跟我一样了解他,就知道骂人对

---

① 原文为"so beyond all measure"。朱生豪译为:"她的脾气非常之坏。"梁实秋未译。

② 对她要强登上船(board her):此处化用当时海战术语,意即我要靠拢、强登、攻取,把她作为战利品;具性双关意。

③ 原文为"For I will board her, though she chide as loud / As thunder when the clouds in autumn crack"。朱生豪译为:"尽管她骂起人来像秋天的雷鸣一样,我也要去向她求婚。"梁实秋译为:"我要向她进攻,纵然她骂起人来像是秋云乍裂时雷鸣一般的震耳。"

他不起半点用。她可能,也许,骂上他十声无赖之类。——哎呀,那不算事儿。等他一旦开骂,满嘴欠套上绞索的粗话、脏话①。我跟您说,先生,只要她回嘴,他就能把一种修辞技巧②扔她脸上,凭这技巧叫她一脸难看,弄得她双眼比瞎猫瞎。先生,您不了解他。

霍坦西奥　稍等,彼特鲁乔,我要和你一起去,因为巴普蒂斯塔家里藏着我的珠宝③。他握住我生命的宝石,他的小女儿,美丽的比安卡,阻止我和其他求婚者——我的情敌们靠近。他料定——凯萨琳娜若有我之前排练过的那些毛病,能嫁出去,——是不可能的。所以,巴普蒂斯塔下了这个令,在臭脾气凯瑟琳④找到丈夫之前,谁也甭想接近比安卡。

格鲁米奥　"臭脾气凯瑟琳"!在给一个姑娘的所有头

---

① 满嘴欠套上绞索的粗话、脏话(he'll rail in his rope-tricks):原为意思模糊,"rope-tricks"或有"粗言秽语"之意;或为"花言巧语"之误用;或含"欠套上绞索的恶作剧"之意。朱生豪译为:"什么稀奇古怪的话儿都会骂出来"。梁实秋译为:"他会骂出一连串的脏话"。

② 一种修辞技巧(a figure):原文为"he will throw a figure in her face and so disfigure her with it that she shall have no more eyes to see withal than a cat"。意即他能凭一种语言本领把她砸晕,弄得她目眩神迷,眼睛看不清东西,比瞎猫还瞎。朱生豪译为:"他会随手抓起什么东西来,向她的脸上摔过去,使她变只瞎眼猫"。梁实秋译为:"他就会把一些难听的话没头没脸的向她抛去,使她臊不搭的无脸见人"。

③ 珠宝(treasure):暗指比安卡的贞节。

④ 凯瑟琳(Katherine):为凯萨琳娜(Katherina)之变体拼写。

衔里,这个最糟!
霍坦西奥　　现在,我的朋友彼特鲁乔,帮个忙。用素朴的长袍替我乔装打扮,引荐给老巴普蒂斯塔,去做家庭教师,精通音乐,指导比安卡。如此一来,凭这计策,至少我能获准相见,得空儿示爱,又不受怀疑,当面向她求婚①。
格鲁米奥　　这不算鬼把戏!②瞧,为骗老人,年轻人把几颗脑袋凑一块儿!

(格雷米奥与乔装打扮的路森修上。)
格鲁米奥　　主人,主人,您注意看。那边谁来了,哈?
霍坦西奥　　安静,格鲁米奥!我的情敌。——彼特鲁乔,暂避片刻。(退至一旁站立。)
格鲁米奥　　(旁白。)一位英俊的多情小伙儿!
格雷米奥　　(向路森修。)啊,非常好!我细读了这份书单③。您听我说,先生,我要把它们装订得十分精美,——都是有关爱情的书,无论如何要注意,——别给她讲别的课。懂我意思

---

① 原文为"Have leave and leisure to make love to her / And unsuspected court her by herself"。朱生豪译为:"有机会向她当面求爱,不致于引起人家的疑心。"梁实秋译为:"会向她谈情说爱,当面求婚,而不致启人疑窦。"
② 这不算鬼把戏(here's no knavery!):格鲁米奥在说反话,意即这看起来不像个骗局!
③ 书单(note):路森修为比安卡准备的书目。

	吧。——在巴普蒂斯塔先生那份慷慨之外，我再补您一份礼金。(递给路森修书单。)——拿好书单，让我把这些书熏出十二分香。因为这些书要带去她那儿，她比香水更芳香。您要给她读点什么？
路森修	甭管读什么，我都是您的代言人，替您诉求，——您尽可放心，——像您本人始终在场一样坚定。——是的，也许说得比您更见成效，除非您是个学者，先生。
格雷米奥	啊，这门学问！多棒的一样东西！
格鲁米奥	(旁白。)啊，这只山鹬①！多蠢的一头驴！
彼特鲁乔	安静，小子。
霍坦西奥	格鲁米奥，别吭声。——上帝保佑您，格雷米奥先生。
格雷米奥	真是巧遇，霍坦西奥先生。您猜我正要去哪儿？——去巴普蒂斯塔·米诺拉的家。我答应过，要为美丽的比安卡留心寻摸家庭教师。凭好运，刚好找见这样一位年轻人，学问、举止，正合她需求②。他读过好些诗，还有别的书，——我向你保证，是好书。

---

① 山鹬(woodcock)：一种因"呆笨"出名的鸟。
② 正合她需求(Fit for her turn)：含性意味，暗指与性需求相符。

霍坦西奥	很好。我见过一位绅士,答应帮着找另一位教师,一位很好的音乐家,来教我们那位小姐。所以,对我如此深爱的、美丽的比安卡,尽起责任半点不落后。
格雷米奥	我深爱的,——我的行为能证明。
格鲁米奥	(旁白。)他的钱袋能证明。
霍坦西奥	格雷米奥,现在不是咱们倾吐爱情的时候。听我说,您若对我客气,我告诉您一消息,对您、我同样有益。这位绅士,我偶然遇见的,只要我俩同意他的条件①,他答应向臭脾气凯萨琳娜求婚,没错,如果嫁妆称意,就与她成婚。
格雷米奥	这样说,这样做,才好。——霍坦西奥,把她所有缺点,都告诉他了?
彼特鲁乔	我知道她招人烦、好吵架、爱骂人,如果就这些缺点,先生们,听起来没害处。
格雷米奥	不,您说没害处,朋友? 您家乡何处?
彼特鲁乔	生在维罗纳,老安东尼奥之子。家父去世,我靠家产为生,真心渴望看到许多快乐的日子。

---

① 霍坦西奥随后解释,彼特鲁乔向凯萨琳娜求婚的费用,由他和格雷米奥分担。

格雷米奥　　啊,先生,过这种日子,讨这种老婆,奇怪!但您若有这种胃口,那以上帝之名,开吃吧。我愿尽力相助。您真要向这只野猫求婚?

彼特鲁乔　　活着说话能不算吗[①]?

格鲁米奥　　(旁白。)他要向她求婚?嗯,否则,我吊死这只野猫。

彼特鲁乔　　若不为这个目的,我干什么来这儿?您觉得一点儿嘈杂能吓退我耳朵?难道我生来不曾听过狮子吼?不曾听过大海,随风鼓胀,狂怒得像一头淌着汗、被激怒的、愤怒的野猪?[②]不曾听过战场上的火炮,天空中苍穹的炮火霹雳?不曾在战阵队列中,听过警号嘹亮、战马嘶鸣、号角铿锵?难道你们真要告诉我,一个女人的舌头,听那声音,还没农夫炉火里栗子噼啪声的一半大?呸,呸!用妖魔鬼怪吓唬孩子!

格鲁米奥　　(旁白。)因为他什么都不怕。

格雷米奥　　霍坦西奥,听,这位绅士为能交好运前来,我脑子敢说,对他本人,对您,都有好处。

[①] 原文为"Will I live?"朱生豪译为:"那还用得着问吗?"梁实秋译为:"怎么不是真心愿意?"

[②] 原文为"Rage like an angry boar chafed with sweat?"朱生豪译为:"发狂得像一头巨熊一样咆哮?"梁实秋译为:"像汗流气咻的野猪一般的怒吼?"

霍坦西奥	我答应他,我们来当捐助者,承担他求婚一切花销。
格雷米奥	我们情愿如此,——只要他把她赢到手。
格鲁米奥	(旁白。)但愿像我吃了一顿好饭那样稳妥。

(特拉尼奥衣装考究扮作路森修与比昂戴洛上。)

特拉尼奥	先生们,上帝保佑你们!恕我冒昧,请您告诉我,去巴普蒂斯塔·米诺拉的家,哪条路最快。
比昂戴洛	他有两个漂亮女儿,——您说的是他?
特拉尼奥	就是他,——比昂戴洛,——
格雷米奥	听我说,先生。您没要向她①——
特拉尼奥	也许,向男他和女她②,先生。这跟您有什么关系?
彼特鲁乔	无论如何,不向爱骂人的那位,我祈求。
特拉尼奥	爱骂人的我不爱,先生。——比昂戴洛,咱们走。
路森修	(旁白。)说得好,特拉尼奥。
霍坦西奥	先生,趁您没走,我说句话。——您要向您说的那位姑娘求婚,是,还是不是?
特拉尼奥	如果是,先生,可有冒犯之处?

---

① 此处话没说完整,意即您不是要向她求婚。
② 意即也许我要向男他(巴普蒂斯塔·米诺拉)和女她(凯萨琳娜)求婚。

格雷米奥　没,如果您不再多言,从这儿离开。

特拉尼奥　哎呀,先生,请问,街巷对您、对我,能随便走吧?

格雷米奥　但她不能。

特拉尼奥　请问,什么原因?

格雷米奥　这原因嘛,如果您想知道,——她是格雷米奥先生选中的心上人。

霍坦西奥　她是霍坦西奥先生选中之人。

特拉尼奥　等一下,先生们。如果你们是绅士,我说句公道话,——请耐心听。巴普蒂斯塔是位高贵绅士,家父对他并非一无所知,如果他女儿再漂亮些,会有更多求婚者,我算一个。美丽的勒达的女儿①有一千个求婚者,那美丽的比安卡多一个也无妨,何况已成定局。哪怕帕里斯前来,希望独享成功,路森修要一展身手。

格雷米奥　怎么,这位先生要把我们全说趴下!

路森修　先生,随他信马由缰。我知道他要见证一匹驽马②。

---

① 美丽的勒达的女儿(fair Leda's daughter):古希腊神话中"特洛伊的海伦",相传为宙斯(Zeus)与勒达(Leda)所生,后长成世间最美少女,婚后与特洛伊王子帕里斯(Paris)私奔,引发十年的特洛伊战争。

② 驽马(jade):脚力不能持久的劣等马。

彼特鲁乔　　霍坦西奥,啰唆这些废话,用意何在?

霍坦西奥　　先生,敢问一句,您可曾见过巴普蒂斯塔的女儿?

特拉尼奥　　不曾,先生,但听说他有两个女儿,一个出名凭骂人的舌头,另一个出名因美貌贤淑。

彼特鲁乔　　先生,先生,大女儿归我,搁下不提。

格雷米奥　　是的,把辛劳留给伟大的赫拉克勒斯,这比阿尔喀德斯①的十二大功绩更艰辛②。

彼特鲁乔　　先生,说实话,要弄明白这一点:你们想赢到手的这位小女儿,她父亲阻止一切求婚者接近,不先把大女儿嫁掉,小女儿谁也不许嫁。嫁完大的,小的自由,大的不嫁,小的免谈。

特拉尼奥　　若真是这样,先生,您能帮上我们所有人,我也在内,您若能破冰,立下这功绩,迎娶大的,放小的自由,让我们接近,——到时甭管谁交好运娶了她,都不会不懂礼数,忘恩负义。

---

① 阿尔喀德斯(Alcides):古希腊神话中大力神赫拉克勒斯(Hercules)的本名,传说其生平完成十二神迹,如勒死尼米亚猛狮、击杀九头蛇、擒拿阿尔忒弥斯女神的金鹿、活捉巨型野猪、制服神牛、盗取金苹果等。

② 原文为"Yea, leave that labour to great Hercules, / And let it be more than Alcides's twelve"。朱生豪译为:"对了,这一份艰巨的工作,还是让我们伟大的英雄去独立承担吧。"梁实秋译为:"是的,这艰巨的事业交给伟大的赫鸠利斯吧,作为是他的十二项艰巨事业以外的一项。"

霍坦西奥	先生,说得好,讲得很明白。既然您也自称求婚者,您务必,像我们做的一样,对这位先生表示谢意,我们全都受惠于他。
特拉尼奥	先生,我不会松懈。以此为证,我们不如消磨这个下午,为小姐的健康举杯痛饮。咱们要学法律上的对手,——竭力竞争,却能像朋友似的一起吃喝①。
格鲁米奥 比昂戴洛	啊,多棒的提议!伙计们,咱们走。
霍坦西奥	这个提议真不错,这样说定了。——彼特鲁乔,我做您的"东道主"②。(众下。)

---

① 原文为"And do as adversaries do in law, / Strive mightily, but eat and drink as friends"。朱生豪译为:"我们在情场上尽管是冤家对头,在吃喝时应该还是好朋友。"梁实秋译为:"我们要像是两造的律师,尽管拼命争辩,还是像朋友一般在一起吃吃喝喝。"

② "东道主"(ben venuto):原文为意大利语,意即彼特鲁乔,我来做东欢迎您。

第二幕

第一场

帕多瓦,巴普蒂斯塔家中一室

(凯萨琳娜与比安卡上,比安卡双手被绑。)

比安卡　　好姐姐,别羞辱我,也别羞辱自己,把我变成一个被绑的婢女、一个奴隶,我鄙视。不过,至于那些装饰品、珠宝、信物,您若把绑绳解开,我亲手把它们摘下来,是的,我所有服装,脱到只剩衬裙。要不,您怎么下令,我怎么做,妹妹深知对姐姐的本分。

凯萨琳娜　我命你告知,在所有求婚者中,谁是你最爱。看你敢掩藏。

比安卡　　相信我,姐姐,在所有活着的男人里,我还从未见过那副特殊的面孔,比另一副更让我喜欢。

凯萨琳娜　野丫头,你骗人。不是霍坦西奥?

比安卡　　姐姐,您若喜欢他,我现在发誓,如果您想赢得他,我亲自去恳求。

凯萨琳娜	啊！这么说，您大概喜欢更有钱的，要格雷米奥供您衣着光鲜。
比安卡	您为了他，才这么嫉妒我吧？不，您在开玩笑，我刚发觉，这会儿您一直在拿我开玩笑。请凯特①姐姐，把我手解开。
凯萨琳娜	倘若那是玩笑，就一直开下去。(打她。)

(巴普蒂斯塔上。)

巴普蒂斯塔	哎呀，怎么啦，小姐②！从哪里生出这专横？——比安卡，站在一旁。——可怜的女儿！她哭了。——你去做针线，别惹她。——真丢脸，你这魔鬼般灵魂的废物③，她从不欺侮你，你干吗欺侮她？她什么时候跟你顶过嘴，说过一句狠话？
凯萨琳娜	她闷声不语，就是嘲弄我。我要报复。(追打比安卡。)
巴普蒂斯塔	怎么，当着我的面耍横？(阻止她。)——比安卡，快进去。(比安卡下。)
凯萨琳娜	怎么，您要把我撇下？哼，我现在才明白，她

---

① 凯特(Kate)：凯萨琳娜的昵称。
② 小姐(dame)：此处带有责怪口吻。
③ "废物"(hilding)：(蔑称)无用的东西、贱货、贱妇、小贱人。原文为"thou hilding of a devilish spirit"。朱生豪译为："你这恶鬼一样的贱人！"梁实秋译为："你这母夜叉。"

凯萨琳娜	她闷声不语,就是嘲弄我。我要报复。(追打比安卡。)
巴普蒂斯塔	怎么,当着我的面耍横?(阻止她。)——比安卡,快进去。

	是您的心肝宝贝,一定要有个丈夫。她成亲那天,我必须光脚跳舞①,而且,因为您宠爱她,我得牵着猴子下地狱②。别跟我说话。我要坐下来哭,哭到能寻机报复。(下。)
巴普蒂斯塔	哪位先生,有我这种辛酸?谁来了?

(格雷米奥与一身下等人装扮的路森修,彼特鲁乔与扮成乐师的霍坦西奥,特拉尼奥与侍童比昂戴洛携一琉特琴及书上。)

格雷米奥	早安,巴普蒂斯塔邻居。
巴普蒂斯塔	早安,格雷米奥邻居。——先生们,上帝保佑你们!
彼特鲁乔	也保佑您,仁慈的先生。请问,您是不是有个女儿,叫凯萨琳娜,美丽又端庄?
巴普蒂斯塔	我有个女儿,先生,叫凯萨琳娜。
格雷米奥	您嘴太直。说话办事要得体。
彼特鲁乔	您错怪我了,格雷米奥先生。别管我的事。——(向巴普蒂斯塔。)我是维罗纳的一个绅士,先生,由于,听说她漂亮,她聪慧,她谦和,腼腆贤淑,天资出众,举止轻柔,

---

① 光脚跳舞(dance barefoot):中世纪英格兰一种旧俗,妹妹成亲之日,若未婚姐姐光脚跳舞,可早日出嫁。

② 牵着猴子下地狱(lead apes in hell):旧时民谚相传,终身不嫁的老处女没有可引领上天堂的子女,只能牵着猴子下地狱。

	故贸然来到府上,出演一名热切的访客①,亲眼见证以前常有耳闻的那种传闻。作为接待我的见面礼,我要向您介绍一位朋友,(介绍霍坦西奥。)他精通音乐和数学,这两门学问,足以指导她,何况,我知道她并非没有功底。请接受他,不然,您就得罪了我。他叫利西奥②,生于曼图亚③。
巴普蒂斯塔	欢迎您,先生,为了您的好缘由,也欢迎他。但对于我女儿凯萨琳娜,——这我知道,她不是您属意之人,为此我更伤心。
彼特鲁乔	我看,是您舍不得把她嫁出去,否则,就是没看上我的同伴④。
巴普蒂斯塔	别错怪我,我只不过说了实情。先生,您从哪儿来?怎么称呼?
彼特鲁乔	我叫彼特鲁乔,安东尼奥的儿子,先父在整个意大利都很有名。
巴普蒂斯塔	我同他很熟。出于他的缘故,我也欢迎您。

---

① 原文为"show myself a forward guest"。朱生豪译为:"做一个不速之客。"梁实秋译为:"作一名不速之客。"

② 利西奥(Licio):"第一对开本"作"利提奥"(Litio)。

③ 曼图亚(Mantua):意大利北部历史文化名城。

④ 我的同伴(my company):朱、梁均译为:"我这个人。"彼特鲁乔此话自有深意:我的同伴(霍坦西奥)为您小女儿(比安卡)而来,您若没看上他,比安卡嫁不出去,大女儿凯萨琳娜我就娶不到手。

格雷米奥	我对您的故事并无不敬,彼特鲁乔,但请让我们几个卑微的求婚者,也说句话。"往后站!"①您操之过急了。
彼特鲁乔	啊,请原谅,格雷米奥先生,我急于成亲②。
格雷米奥	这我不怀疑,先生,但您会诅咒这次求婚。(向巴普蒂斯塔。)邻居,我敢肯定,这份礼物十分讨人喜欢。为表达同样的好意,我本人,比任何人更应对您心存感谢,特向您引见这位年轻学者,(介绍路森修。)他在兰斯③攻读多年,精通希腊语、拉丁语及其他语言,正如那位精通音乐、数学一样。他叫坎比奥④,请接受他为您效劳。
巴普蒂斯塔	道一千遍感谢,格雷米奥先生。——欢迎,仁慈的坎比奥。——(向特拉尼奥。)另外,尊敬的先生,我看,您像个外乡人。请恕我冒昧,您因何上门?
特拉尼奥	请原谅,先生,实属本人冒昧,因为,身为外乡人,到这座城市,来向您的女儿,美

---

① "往后站!"(Baccare!):原文为拉丁文。此为格雷米奥通过使用拉丁文嘲弄彼特鲁乔。

② 我急于成亲(I would fain be doing):或含性意味,暗指急于入洞房。

③ 兰斯(Rheims):法国东北部城市。建于1548年的兰斯大学,是中世纪欧洲最著名的天主教大学之一。

④ 坎比奥(Cambio):意大利人名,字义为"替换"或"兑换"。

丽、贤德的比安卡求婚。对您下定的决心,我并非不知,大姐要优先出嫁。我只请求这项特许,那就是,等您知晓我的出身,让我像另两位求婚者一样受欢迎,像其他人一样,获准自由进出[1]。对于您两个女儿的教育,我献上一小件乐器和这一小包希腊语和拉丁语书籍。(比昂戴洛向前呈上琉特琴和书。)您若笑纳,那它们就价值巨大。

巴普蒂斯塔　　您叫路森修[2]?请问,是哪里人?
特拉尼奥　　　比萨,先生,家父文森修。
巴普蒂斯塔　　比萨一位有名望之人。常听人说,多有了解。欢迎您,先生。——(向霍坦西奥。)您拿上琉特琴,——(向路森修。)您带着这些书,立刻去见自己学生。——喂,来人!

(一仆人上。)

巴普蒂斯塔　　小子,领这几位先生去见我的两个女儿,告诉她俩,这是她们老师。叫她们好好相

---

[1] 原文为"That, upon knowledge of my parentage, / I may hae welcome 'mongst the rest that woo, / And free access and favour as the rest"。朱生豪译为:"能够给我一个和其他各位求婚者同等的机会。"梁实秋译为:"您知道了我的身世之后,让我和那两位求婚的人受同样的欢迎,能同样的自由活动。"

[2] 巴普蒂斯塔可能从书和琉特琴上得知"路森修"的名字。

		待。(仆人与霍坦西奥、路森修及比昂戴洛下。)——(向彼特鲁乔)咱们去花园散散步,然后吃饭。格外欢迎你们,请别客套。
彼特鲁乔	巴普蒂斯塔先生,我事情紧急,不能每天来求婚。您深知家父为人,可由他推知我,我是他全部地产和家产的唯一继承人,我会让家产多增不减。那请告诉我,我若得到您女儿的爱情,——娶她为妻,能得多少陪嫁?
巴普蒂斯塔	我死后,地产的一半;出嫁时,两万克朗。
彼特鲁乔	因有这份陪嫁,如果她能活过我,我要以我所有地产及无论多少租赁地产,保证她孀居财产权。因此,让我们签订契约,正式协议双方人手一份。
巴普蒂斯塔	唉,等唯一的东西稳妥到手再说,那就是,她的爱,因为那东西头等重要。
彼特鲁乔	哎呀,那算什么。因为我告诉您,岳父,她心高气傲,我生性蛮横。两股烈火相聚一处,喂养两股怒火的东西随之烧毁。尽管小火随微风变大,一阵暴烈狂风却能把火彻底吹灭。我这样对待她,她同样会顺从,因为我生性粗暴,求婚岂能像婴儿。
巴普蒂斯塔	愿你求婚顺利,结局美满!但要备战,应

对一些不受听的话。

彼特鲁乔　　是的,要顶盔掼甲,犹如群峦之于山风,哪怕山风恒久劲吹,群峦不为撼动。

(乔装成利西奥的霍坦西奥,头被擦伤,上。)

巴普蒂斯塔　　怎么了,我的朋友? 为何脸色如此苍白?

霍坦西奥　　如果脸色苍白,我向您保证,因为害怕。

巴普蒂斯塔　　怎么样,我女儿能成为一个好的音乐家吗?

霍坦西奥　　我想她能更快成为一名战士,铁器也许顶得住她,琉特琴休想①。

巴普蒂斯塔　　哎呀,难道你不能教她弹琉特琴?

霍坦西奥　　哎呀,不能,因为她用琴把我头打破。我刚告诉她弄错了琴脊②,帮她弓起手,教她指法,这时,凭一个顶不耐烦的魔鬼的灵魂③,她说"琴脊,您说的这些? 我要向它们发怒"。随着话音,琴打在我头上,我的脑袋穿破琴身。我站在那儿愣了片刻,脑

---

① 原文为"Iron may hold with her, but never lutes"。朱生豪译为:"只有铁可以经得起,琴是经不起她摆弄的。"梁实秋译为:"只有铁器在她手里不至于弄碎,琴是绝不中用的。"

② 琴脊(frets):琉特琴指板上引导手指按琴弦的脊状突出部分。凯萨琳娜将此词转为"恼火"(fume)、"烦躁"之意。

③ 原文为"with a most impatient devilish spirit"。朱生豪译为:"她就冒起火来。"梁实秋译为:"她便暴躁大叫起来。"

	袋透过琉特琴,活像套上一副木枷,随即,她骂我下三烂琴手,拨弦的杰克①,这类下贱粗话,用了不下二十个,好像她早就盘算好要这样虐待我。
彼特鲁乔	现在,以世界起誓,这是个活泼的姑娘!我爱她,比以往多出十倍。啊,我多想和她聊点什么!
巴普蒂斯塔	(向霍坦西奥。)好,跟我来,别灰心。接着去教我小女儿,她很好学,对恩惠心存感激。——彼特鲁乔,您愿与我们同去,还是我招呼女儿凯特来见您?
彼特鲁乔	请您去招呼,我在这儿等。(巴普蒂斯塔、格雷米奥、特拉尼奥与霍坦西奥下。)——等她一来,凭几分活力,向她求婚。假如她开骂,那到时候我直言相告,她唱得像夜莺一般甜美;假如她皱眉,我就说她好似晨露刚洗过的玫瑰一般清朗;假如她不吭声,一言不发,那我就夸她爱说话,说她谈锋十二分犀利;假如她叫我离开,我就向她道谢,仿佛她叫我陪她待一星期一般;假如她拒

---

① 拨弦的杰克(twangling Jack):意即弹拨琴弦的无赖。杰克(Jack):指无赖、流氓、贱货等。

绝成亲,我就要求,哪天发布结婚预告,哪天结婚。——瞧,她来了。现在,彼特鲁乔,开口。

(凯萨琳娜上。)

彼特鲁乔　　　早安,凯特,我听说,这是您的名字。

凯萨琳娜　　　您真会听,但听力生硬①。人们提到我,都叫凯萨琳娜。

彼特鲁乔　　　您撒谎,说实话,因为大家叫您单纯的凯特,迷人的凯特,有时臭脾气凯特,但,凯特,基督教王国最漂亮的凯特,凯特餐馆②的凯特,我超级美味的凯特,因为美味的一切都是凯特③,——所以,凯特,我这样称呼,凯特,我的安慰。——听说每个城镇都赞美你的温柔,谈论你的美德,宣扬你的美貌。不过这尚未达到你应属之深度,——却推动我本人,向你求婚,做我妻子。

凯萨琳娜　　　"推动?"——真的!谁把您从哪儿推来,

---

① 听力生硬(hard of hearing):此处"生硬"(hard)与上句中"会听"(heard)谐音双关。

② 凯特餐馆(Kate Hall):彼特鲁乔随意编出名叫"凯特"的餐馆。

③ 因为美味的一切都是凯特(For dainties are all Kates):"凯特"(kates)与"佳肴美味"(cates)谐音双关。

	再让他把您移回那儿。我起先就知道,您是一件便携式家具①。
彼特鲁乔	哎呀,什么是便携式家具?
凯萨琳娜	一只细木工做的小矮凳②。
彼特鲁乔	你说中了。来,坐我身上③。
凯萨琳娜	驴④生来是驮东西的,您也是。
彼特鲁乔	女人生来是驮人⑤的,您也是。
凯萨琳娜	您若说的是我,我才不是您这种驽马。
彼特鲁乔	哎呀,好心的凯特!我不把你压在下面!因为,我知道你年轻,没分量。⑥——
凯萨琳娜	身子太轻快,像您这样的乡巴佬,抓不住。不过,我的分量,该多重有多重。
彼特鲁乔	"该多重"?该——嗡嗡叫⑦!

---

① 双关意为"您是个自我矛盾的多变之人"。原文为"You were a movable"。朱生豪译为:"我早知道您是件给人搬动的东西。"梁实秋译为:"我开始就知道你是一件可以移动的家具。"

② 此为一种嘲弄式道歉,意即"真是抱歉,我把您看成了一只细木工做的小矮凳。"

③ 含性暗示,意即把我当那只矮凳坐上面。

④ 驴(asses):与"屁股"(arses)双关。

⑤ 具双关意,即女人要负载男人的身体,并怀孕。

⑥ 没分量(light):指年轻女子身体单薄,与"轻狂、放荡、贪色"(light)双关。

⑦ 嗡嗡叫(buzz!):"该多重(should be)"之"be"与"蜜蜂"(bee)双关,"嗡嗡叫"有嘀嘀咕咕在人耳畔嗡嗡嗡的流言蜚语之意,即该听听别人怎么说您。另,"buzz"或为表示不耐烦的感叹词:"嗤,嗤!"意即早听烦了,别说了。

彼特鲁乔	哎呀,什么是便携式家具?
凯萨琳娜	一只细木工做的小矮凳。
彼特鲁乔	你说中了。来,坐我身上。

凯萨琳娜　　正好捕获，像个傻瓜①。

彼特鲁乔　　啊，飞得慢的斑鸠！可愿让一只笨鹰来捕获？②

凯萨琳娜　　啊，对那只斑鸠，——像逮住一只嗡嗡叫的虫子。③

彼特鲁乔　　得啦，得啦，您这只黄蜂④，说实话，您火气太冲。

凯萨琳娜　　我若像黄蜂似的脾气坏，最好当心我的刺⑤。

彼特鲁乔　　那我的办法是，拔掉那根刺。

凯萨琳娜　　啊，如果那傻瓜能找到它在哪儿。

彼特鲁乔　　谁不知道黄蜂刺长哪儿？在尾巴上。

凯萨琳娜　　在舌头上。

彼特鲁乔　　谁舌头上？

---

① 傻瓜(buzzard)：亦指呆鸟。此处借猎鹰术语表示双关意，即您像个傻瓜正好听懂了我的话。原文为"Well taken, and like a buzzard"。朱生豪未译。梁实秋译为："真懂话，像一只呆鸟。"

② "笨鹰"(buzzard)：只适合捕获飞得慢的斑鸠之类。彼特鲁乔自比笨鹰，希望能追上捕获凯萨琳娜。原文为"O slow-winged turtle! Shall a buzzard take thee?"朱生豪未译，梁实秋译为："啊，缓缓而飞的斑鸠！你会让一只呆鸟来娶你吗?"

③ 原文为"Ah, for a turtle, as he takes a buzzard"。意即您这只傻瓜笨鹰若把我当斑鸠(忠贞的妻子)来捕获(娶)，那就像斑鸠误吞了一只昆虫。斑鸠(turtle)：一种忠于配偶的鸟，在此比喻忠贞的妻子。朱生豪未译，梁实秋译为："对了，斑鸠不肯匹配呆鸟，我也不会嫁给你。"

④ 黄蜂(wasp)：彼特鲁乔由凯萨琳娜上句"一只嗡嗡叫的虫子"把话茬儿转为黄蜂。

⑤ 含性意味，即当心我的性冲动。

凯萨琳娜	您的,你若闲扯尾巴①,那再会。
彼特鲁乔	怎么,用我舌头舔您的尾巴②?不,再来一回③。好心的凯特,我是个绅士。——
凯萨琳娜	那我试一下。(动手打他。)
彼特鲁乔	若再打,我发誓,给您一巴掌。
凯萨琳娜	愿您失去纹章④:您若打⑤我,就不是绅士;若不是绅士,哎呀,自然没有纹章。
彼特鲁乔	你是纹章官⑥,凯特?啊,把我放进你纹章簿⑦!
凯萨琳娜	您纹章顶饰是什么?一个鸡冠子?⑧
彼特鲁乔	一只没冠子的小公鸡⑨,如果凯特愿做我的母鸡⑩。
凯萨琳娜	我才不要小公鸡。您叫起来太像一只没斗

---

① 尾巴(tails):与"故事"(tales)谐音双关,意即您若胡说八道。

② 原文为"with my tongue in your tail?"此为调侃说法,意即这是您留给我的最后一句话吗?

③ 再来一回(come again):含性意味,即性高潮再来一次。

④ 愿您失去纹章(So may you lose your arms.):"失去"(lose)与"松开"(loosen)双关;"纹章"(arms)与"双臂"(arms)双关。剧情中,彼特鲁乔此时用双臂控制住凯萨琳娜。此句双关意为:愿您松开双臂。凯萨琳娜意思是:您是绅士,若还手打我,就不是绅士,自然就失去了绅士家族的纹章。纹章,即家族盾徽,或译作"家徽"。

⑤ 打(strike):含性意味,暗指发生关系。

⑥ 纹章官(herald):纹章院管理贵族纹章的官员。

⑦ 纹章簿(books):纹章登记簿,此处为语言游戏,含性意味。

⑧ 纹章顶饰(crest):指纹章顶部识别身份的标识,即您家族盾徽顶部的饰物是什么?亦指动物头顶的一簇绒毛,与"鸡冠"(crest)双关,故紧接着提及"一个鸡冠子"(a coxcomb)。"鸡冠子",在此暗指宫廷小丑戴的鸡冠帽,"公鸡"或与"阴茎"具双关意。

⑨ 意即我是一只不具攻击力的小公鸡。

⑩ 我的母鸡(hen):我的妻子。"母鸡"亦有"娼妓"之含义。

志的鸡。

彼特鲁乔	不,得啦,凯特,得啦,别瞧着这么酸。
凯萨琳娜	看见一只酸苹果①,我就这样子。
彼特鲁乔	哎呀,这儿没酸苹果,所以,别瞧着那么酸。
凯萨琳娜	这儿有,这儿有。
彼特鲁乔	那让我看一眼。
凯萨琳娜	如果有面镜子,会的。
彼特鲁乔	什么,您说我的脸?
凯萨琳娜	如此年少无知,一猜就中。
彼特鲁乔	现在,以圣乔治起誓,对您来说,我太年轻。
凯萨琳娜	但您面色枯萎。
彼特鲁乔	那是忧虑。
凯萨琳娜	我不关心。
彼特鲁乔	不,听我说,凯特。说真的,别这样逃避。
凯萨琳娜	如果留下,我惹您烦。让我走。
彼特鲁乔	不,一点儿不烦。我发现您格外温柔。听人说您粗暴、倨傲、乖戾,现在我发现传闻一派胡言,因为你欢快、爱闹着玩儿、非常有礼貌,说话从来不慢吞吞,却像春日里的花一样甜美。你不会皱眉,你不会斜眼看人,也不会像发怒的女人那样咬嘴唇,也不乐于拿

---

① 酸苹果(crab):双关意为"怪脾气之人"。

		话顶撞别人。对求婚者,你接待温和,语调文雅,轻柔又和蔼。(让她行走。)世人因何传言凯特一瘸一拐?啊,诽谤的世界!凯特,像榛树枝一样,笔直、修长。肤色像榛子一样棕黄,却比榛果儿更香甜。啊,让我看你走路。不是跛脚。
凯萨琳娜	滚,傻瓜,去给你的仆人下指令。
彼特鲁乔	狄安娜可曾像这间屋里的凯特,凭尊贵的步态如此装饰过一片树丛?[1]啊!你做狄安娜,让她做凯特,随后让凯特守贞节,让狄安娜变多情!
凯萨琳娜	您从哪儿学来这整套精妙的说辞?
彼特鲁乔	即兴而发,出自母亲的才智[2]。
凯萨琳娜	一位聪慧的母亲,否则,生下儿子没脑子。
彼特鲁乔	我不够聪明?
凯萨琳娜	对,您倒知道取暖[3]。
彼特鲁乔	以圣母马利亚起誓,就这意思,亲爱的凯萨

---

[1] 原文为"Did ever Dian so become a grove / As Kate this chamber with her princely gait?"朱生豪译为:"在树林里漫步的狄安娜女神,能够比得上在这间屋子里姗姗徐步的凯德吗?"梁实秋译为:"森林里的戴安娜,可曾有过喀特琳娜在这厅堂里姗姗而行的姿态?"狄安娜(Dian):古罗马神话中的贞节、月亮和狩猎女神。

[2] 原文为"from my mother-wit"。意即靠从我母亲那儿遗传来的天赋异禀。

[3] 此处上下句对话源出民谚:"能让自己取暖之人足够聪明。"(He is wise enough that can keep himself warm.)意即仅仅知冷知热,谈不上多聪明。

琳娜,我要在你床上取暖。所以,撇开那一切闲谈,这么直白说吧:您父亲同意将您嫁我为妻;您的陪嫁已商定,甭管您愿不愿意,我都要跟您结婚。现在,凯特,我是最配您的一个丈夫[1],因为,凭这天光起誓,天光之下,我看见你的美丽,——你的美丽让我非常喜欢,——你不许嫁给别人,只能嫁给我,因为,我是他,生来要驯服您,凯特,要把您从一个狂野的凯特[2],变成一个柔顺的凯特,像其他持家的凯特们一样[3]。您父亲来了。不要拒绝我。我必须,也一定要娶凯萨琳娜为妻。

(巴普蒂斯塔、格雷米奥、乔装成路森修的特拉尼奥上。)

巴普蒂斯塔　　喂,彼特鲁乔先生,您和我女儿进展如何?
彼特鲁乔　　　怎能不好,先生?怎能不好?我不可能进展有误。

---

[1] 此句含性意味,暗示我最适于同您共享鱼水之欢。
[2] 狂野的凯特(wild Kate):与"野猫"(wild-cat)双关。意即要把像野猫一样的凯特。
[3] 原文为"And bring you from a wild Kate to a Kate / Comfortable as other household Kates"。朱生豪译为:"我要把你从一个野性的凯德,变成一个柔顺听话的贤妻。"梁实秋译为:"我要一个野猫一般的喀特变成为一个驯顺的喀特,像其他的家猫一般。"

巴普蒂斯塔	哎呀,怎么了,女儿凯萨琳娜!闷闷不乐?
凯萨琳娜	您称呼我女儿?现在,我向您保证,您显出慈父般的亲切关怀,要我嫁给一个半疯之人。一个狂妄的恶棍、一个随口赌咒的杰克,想凭那誓言厚着脸皮蛮干硬来。
彼特鲁乔	岳父,是这样:——您本人及所有世人,一说起她,光说她的毛病。说她的坏脾气,那是她的策略,因为她不乖僻,而像鸽子一样温顺①;她不暴躁,而像清晨一样亲和;说到忍耐,她要见证自己是第二个格丽塞尔②;要说贞节,她堪比罗马的鲁克丽丝③。总之,——我们彼此很合得来,婚礼定在星期日。
凯萨琳娜	礼拜天我要看你先上吊。
格雷米奥	听,彼特鲁乔,她说,要先看你上吊。
特拉尼奥	这就是您的进展?不,既如此,晚安,我们

---

① 参见《新约·马太福音》10:16:"你们要像蛇一样机警,像鸽子一样温顺。"

② 格丽塞尔(Gressel):格丽西达(Griselda),薄伽丘《十日谈·故事10》中萨卢佐侯爵(Marquis of Saluzzo)之妻,对丈夫万般顺从,甘愿忍受一切屈辱;乔叟《坎特伯雷故事集·牛津学者的故事》中一位温顺的贤惠妻子。

③ 鲁克丽丝(Lucrece):被视为古罗马美丽而贞洁女性的典范,公元前5世纪,罗马王国第七任国王塔克文·苏佩布(Lucius Tarquinius Superbus,公元前534—公元前510在位)之子、荒淫的塞克图斯·塔克文将其强奸,鲁克丽丝不堪受辱,自杀身亡。

	那份指望①！
彼特鲁乔	忍耐，先生们。选中她，是为我自己。只要她和我乐意，与你们何干？我俩之间，单独约定，当着众人，她仍是臭脾气。我告诉你们，真难以置信，她多么爱我。啊，最柔情的凯特！——她挂住我脖子，一吻接一吻，急速翻倍②，宣誓一个接一个，转眼间，她赢得我的爱。啊，你们真是情场新手！这值得整个世界去看，当一男一女独自相处，一个最怯懦的可怜虫能把脾气最坏的悍妇，变得多么驯服。——把手伸向我，凯特。我要去威尼斯，买婚礼那天用的衣服。——预备婚宴③，岳父，邀请宾客，我一定让我的凯萨琳娜衣着华丽。
巴普蒂斯塔	不知该说什么，但把手都伸给我④。愿上帝给您快乐，彼特鲁乔！婚事定了。
格雷米奥 特拉尼奥	阿门。我们愿做证婚人。
彼特鲁乔	岳父、夫人、先生们，再见。我要去威尼斯。

---

① 原文为"goodnight our part!"意即再见，我们对彼特鲁乔先娶凯萨琳娜的那份指望！或我们答应资助彼特鲁乔求婚的花销到此为止！
② 翻倍(vied)：赌博术语，指增加赌注的倍数。
③ 参见《新约·马太福音》22:2："天国好比一个国王为剧中的儿子预备婚宴。"
④ 双方当着证人的面牵手，等于预先签约，以防任何一方另外订婚。

> 星期天很快就到。——
>> 我们要有戒指、饰物和漂亮衣服,
>> 吻我,凯特,我们星期天成婚配。(彼特鲁乔与凯萨琳娜分头下。)

格雷米奥　　　婚姻有这么快配成的吗?
巴普蒂斯塔　　说实话,先生们,
　　　　　　　　现在,我扮成一个商人,
　　　　　　　　疯狂经营一桩冒险的生意。
特拉尼奥　　　身边这件滞销品惹您烦①,或让您从中获利,也可能毁于海上。
巴普蒂斯塔　　我所求之利,是婚后安宁。
格雷米奥　　　毫无疑问,他已安然得手②。
　　　　　　　但现在,巴普蒂斯塔,轮到您的小女儿。
　　　　　　　这一天,我们期盼已久。我是您的邻居,
　　　　　　　也是头一个求婚的。
特拉尼奥　　　我爱比安卡,非言语所能作证,您的思想也猜不出。
格雷米奥　　　毛头小子,你岂能像我一样爱得这样深挚。
特拉尼奥　　　灰白胡子,你的爱冻僵了。

---

① 特拉尼奥把凯萨琳娜喻为一件将很快失去价值的滞销商品,若很快出嫁,巴普蒂斯塔可从中获益,若嫁不出去,只能砸自己手里。"烦"(fretting)与"滞销""放坏"双关。

② 格雷米奥意在反讽,他断定,凯萨琳娜婚后决不会消停。此处"安然得手"(got a quiet catch)与上句"婚后安宁"(quiet in the match)形成对应。

格雷米奥	但你的,烧出淫欲。轻浮小子,靠后站。这是滋养生命的年龄。
特拉尼奥	可在女人眼里,青春就是繁茂。
巴普蒂斯塔	二位先生,请安心。我来解决这场纷争。只有行动才能赢得战利品①,你们二位,谁能保证给我女儿最大笔亡夫遗产②,谁就赢得我的比安卡的爱情。——说吧,格雷米奥先生,您保证出多少?
格雷米奥	首先,如您所知,我城里的房子,屋里摆满金银器皿;有水盆、水罐,供她洗娇嫩的双手;墙上挂满泰尔③的壁毯;我在象牙箱子里塞满克朗;柏木箱中,全是我的阿拉斯织锦床罩④,值钱的衣服、床帐和床幔,上好的亚麻布、饰有珍珠的土耳其靠垫,用威尼斯金线刺绣织成的帷幔;锡制品、黄铜制品及一切家中或家务所需。另外,在我的农场里,有一百头奶牛用来挤奶,牛棚里有一百二十头肥牛,及其他按这种规

---

① 原文为"Tis deeds must win the prize"。朱生豪译为:"以实际的条件判定谁是锦标的得主。"梁实秋译为:"要看实际行为才能决定锦标谁属。"

② 亡夫遗产(dower):指丈夫去世时留给妻子的补偿金作为财产保金。

③ 泰尔(Tyre):古代地中海一商贸港口,位于以色列北部。

④ 阿拉斯织锦床罩(arras-counterpoints):阿拉斯(Arras)为法国东北部城市,中世纪的挂毯制造中心。

	模①类推的一切。我必须承认,本人上了岁数②。如果我明天死了,这都归她,如果我活着,她只属于我。
特拉尼奥	这"只"字说出要点。——先生,听我说。我是家父的独生儿子、继承人,我若能娶您女儿为妻,就把我在富庶的比萨城内三四处房子都留给她,那跟格雷米奥老先生在帕多瓦的任一处房子同样好。另外,丰饶的土地每年收入两千达克特③,这些都是她将来的孀居财产。——怎么,把您掐疼了,格雷米奥先生?
格雷米奥	年土地收入两千达克特!——(旁白。)我的土地全算上,也收不来这么多钱。——她还能有一艘大商船,此时正停在马赛港。——(向特拉尼奥。)怎么,一艘大商船把您噎住了?
特拉尼奥	格雷米奥,谁都知道,大商船家父不少于三艘,除了两艘三桅大帆船,还有十二艘抗风耐浪的大木船。这些船,我都给她,

---

① 这种规模(this portion):或与"婚姻财产"(wedding-portion)双关。
② 参见《旧约·列王纪上》1:1:"这时候,大卫上了岁数。"
③ 达克特(ducats):中世纪曾流行欧洲各国的一种金币。威尼斯的一达克特,约合英国的四五先令。

	接下来您要送什么,我逐一加倍。
格雷米奥	不,我送出全部,——再无可送。她之所得,多不过我之所有。——(向巴普蒂斯塔。)您若对我满意,我和我的财产都归她。
特拉尼奥	(向巴普蒂斯塔。)哎呀,按您坚定的承诺,这位小姐整个归我。格雷米奥比输了。
巴普蒂斯塔	我得承认,您出的价胜了。假如您父亲向她保证,她就归您。否则,得请您原谅,您若比他先死,她的亡夫遗产岂不落空?
特拉尼奥	您分明在找碴儿。他年老,我年少。
格雷米奥	莫非年轻人不像老人一样会死?
巴普蒂斯塔	那好,二位先生,我这样决定:——你们知道,我女儿凯萨琳娜下星期天结婚。——(向特拉尼奥)现在,如果您能做这个保证,下下星期天,比安卡嫁您做新娘。如果不能,就嫁给格雷米奥先生。说定了,告辞,谢谢二位。(下。)
格雷米奥	再见,好邻居。(巴普蒂斯塔下。)——现在,不必怕你。小子,年轻的赌徒①,你父亲是个

---

① 年轻的赌徒(young gamester):朱生豪译为:"败家的浪子"。梁实秋译为:"年轻的浪子"。

　　　　　　　傻瓜,把一切给了你①,等他衰落之年,
　　　　　　　　要把脚放到你的桌子下面②。呸,荒谬!
　　　　　　　我的孩子,一只意大利老狐狸没这么温
　　　　　　　情。(下。)
特拉尼奥　　一声诅咒落在狡猾干瘪的兽皮上!③不过我
　　　　　　　仅凭一张十点的牌,便厚着脸皮硬撑下来④。
　　　　　　　这个想法,对我的主人有好处:我看不出理
　　　　　　　由,但冒牌的路森修必须生出一位父亲,名
　　　　　　　叫——"冒牌的文森修"。真是个奇迹:父亲
　　　　　　　通常
　　　　　　　　生子女,但在这次求婚情形之下,
　　　　　　　　若巧计不落败,儿子要把父亲生。
　　　　　　　(下。)

---

① 参见《旧约·德训篇》33:19:"只要你们活着,不要将权力交给儿子、妻子、兄弟或朋友。也不要将你的财产交给他人,免得日后追悔要他们退还。"
② 原文为"Set foot under thy table"。意即要住在你家,靠你施舍度日。
③ 原文为"A vengeance on your crafty withered hide!"特拉尼奥把格雷米奥的父亲比为一只意大利老狐狸,满脸干瘪的皱纹,像兽皮一样,该遭诅咒。朱生豪译为:"这该死的坏老头子!"梁实秋译为:"好可恶的狡猾的干瘪老头子!"
④ 原文为"Yet I have faced it with a card of ten"。意即我没什么家产,竟靠吹牛把巴普蒂斯塔糊弄了。朱生豪译为:"可是我刚才吹了那么大的牛。"梁实秋译为:"不过我胡吹一阵确是把他唬住了。"

第三幕

第一场

帕多瓦,巴普蒂斯塔家中一室

(路森修、霍坦西奥与比安卡上。)

路森修　　　拉琴的,忍着点。您太冒失,先生①。她姐姐凯萨琳娜对您怎么以礼相迎、相待,这么快就忘了?

霍坦西奥　　不过,好拌嘴的学究,这是天国乐音的女守护神②。那让我有优先权。等我们在音乐上度过一小时,您的课再休闲同样时间。

路森修　　　荒谬的蠢驴,从不读书,怎知晓音乐创造原因何在!那不为了人们在读书或平日辛劳之余,重振精神吗③?那让我先读哲学,等我

---

① 暗示霍坦西奥在教比安卡弹琉特琴时握住了她手指。
② 原文为"this is / The patroness of heavenly harmony"。意即比安卡喜爱音乐。朱生豪译为:"这一位小姐是酷爱音乐的。"梁实秋译为:"这一位是喜爱高尚音乐的。"
③ 参见《旧约·撒母耳记上》16:23:"从那时起,每当上帝差来的邪灵附在扫罗身上时,大卫立刻拿起竖琴来弹,邪灵立刻离开扫罗,扫罗便觉爽快舒适。"

	停下来,您再奉上乐音①。
霍坦西奥	小子!我受不了你这种侮辱!
比安卡	哎呀,二位先生,你们对我双重冒犯,该由我定的事,倒争先起来。我不是学校里随手挨鞭子的学童,不受学时或约定时间的束缚,学习功课只随心愿。为切断一切纷争,咱们都坐在这儿。——(向霍坦西奥。)您拿出乐器,现在演奏。等您调好音,他已讲完课。
霍坦西奥	等我调好音,您就停课?(退下。)
路森修	但愿永远调不好。——调好您的乐器。
比安卡	上次讲到哪儿了?
路森修	这儿,小姐:——(读。) "这里流淌着西摩伊河;这里是锡蒂亚的土地; 这里矗立着普里阿摩斯老王的巍峨宫殿。"②
比安卡	解释一下。
路森修	"这里流淌着",上次讲过。——"西摩伊",

---

① 路森修说这句时,口吻轻蔑,充满不屑。
② 原为拉丁文"Hic ibat Simois. Hic est Sigeia tellus. / Hic steterat Priami regia celsa senis"。英文为"Here flowed the river Simois; here is the Sigeian land; here stood the lofty palace of old Priam"。引自奥维德《女杰书简》(*Heroides*, 1,33—4)这句话为奥德修斯(Odysseus)之妻佩内洛普(Penelope)对尤利西斯(Ulysses)所说。普里阿摩斯是特洛伊战争时的特洛伊王。

比安卡　　上次讲到哪儿了？
路森修　　这儿，小姐。

	我是路森修。——"这里是",比萨的文森修之子。——"锡蒂亚的土地",这般乔装,来向您求爱。——"这里矗立着",来求婚的是这个路森修。——"普里阿摩斯",我的仆人特拉尼奥。——"宫殿",冒充我的身份。——"巍峨",可以蒙骗那个傻老头①。
霍坦西奥	(前来。)小姐,乐器调好了。
比安卡	让我们听听。——(霍坦西奥弹琴。)啊,呸!三倍刺耳的杂音。
路森修	往宭窿眼里啐口吐沫②,再调一次。
比安卡	现在,让我看看,能否解释一下:——"这里流淌着西摩伊",我不认识您。——"这里是锡蒂亚的土地",我不相信您。——"这里矗立着普里阿摩斯老王",注意别让他③听见我们。——"宫殿",别放肆。——"巍峨",莫绝望。
霍坦西奥	小姐,现在调好了。(再次弹琴。)
路森修	除了低音。

---

① 傻老头(pantaloon):指格雷米奥。
② 原文为"Spit in the hole"。意即往音洞里啐吐沫有助于调音。路森修意在讽刺霍坦西奥根本不懂音乐,不会弹琴。亦或源于对谚语"手上啐吐沫,握得更牢靠。"(spit in your hands and take a better hold)之化用。
③ 他:指霍坦西奥。

霍坦西奥　　　低音没问题。那个下贱无赖在斗嘴[1]。——（旁白。）我们这位教书匠多热烈、多急切！现在，以我性命起誓，这无赖正追求我的心上人。书呆子，我要把您盯更紧。

比安卡　　　（向路森修。）过些时候，我可能会信，但眼下不信。

路森修　　　别不信，因为，肯定，埃阿喀德斯就是埃阿斯，名字从他祖父那儿得来[2]。

比安卡　　　老师的话非信不可，不然，我保证，对那个疑点还要争辩。但不提了。——现在，利西奥，该您了。——二位好老师，请别见怪，我对你们一直不太厚道。

霍坦西奥　　　（向路森修。）您可以去散步，离开一会儿。我的音乐课不用三和弦伴奏。

路森修　　　您这么拘礼，先生？好，我必须等。——（旁白。）同时盯着。因为，除非我受骗，我们这位出色的音乐家变得多情起来。（退到一旁。）

---

[1] 此句中"下贱"(base)与上句"低音"(bass)形成双关。霍坦西奥意在反讽路森修：你这个下贱无赖跟我斗嘴，故意制造不和谐。

[2] 埃阿喀德斯(Aeacides)即埃阿斯(Ajax)。埃阿斯是特洛伊战争中希腊联军的英雄，通称"大埃阿斯"；阿喀琉斯(Achilles)之子埃阿斯(Ajax)，则通称"小埃阿斯"。古希腊神话中，天神宙斯(Zeus)与河神之女埃伊娜(Aegina)生埃阿科斯(Aeacus)，埃阿科斯后成为埃伊纳岛国王，生英雄两兄弟佩琉斯(Peleus)和泰拉蒙(Telamon)，埃阿斯是泰拉蒙之子。这句话并无实际意义，或只为让霍坦西奥以为路森修仍在给比安卡上拉丁文课。

霍坦西奥	小姐，在触碰乐器之前，要学会我的指法，必须先由艺术的入门知识开讲。要以更速成的方法教您音节，比我同行中的任何一位，都教得更活泼、简练、有效。写在纸上，整齐列出。（递给比安卡一纸。）
比安卡	哎呀，我早先学过音节。
霍坦西奥	不妨读一下霍坦西奥的音节。
比安卡	（读。）

      "我是音节，一切和声的基调。①
      A'来'，来表明霍坦西奥的深情。
      B'咪'，比安卡，把他看作你丈夫，
      C'发哆'，他用全部感情爱你。
      D'唆来'，一个谱号②，我有两个音符③，
      E'拉咪'，怜悯我，否则，我去死。"
    您管这叫音节？啧，我不喜欢。老式样最得我心。我没那么任性，非要把正经规矩变成古怪发明④。

---

  ① 一切和声的基调(the ground of all accord)："和声"(accord)与"和谐"(harmony)双关。
  ② 一个谱号(one clef)：谱号为音乐术语，指记在谱表左端用以确定音位的符号。含性意味，暗指"一个女阴"。
  ③ "两个音符"(two notes)：霍坦西奥或暗示自己真实与乔装的两种性格。含性意味，暗指"两个睾丸"。
  ④ 古怪发明(odd inventions)："第一对开本"此处作"旧的发明"(old inventions)，"牛津版"亦然，似不通。此处按"新剑桥版"。

（一仆人上。）

信　差　　小姐，您父亲请您离开课本，帮着装饰姐姐的房间。您知道明天是婚礼的日子。

比安卡　　再会，两位敬爱的老师，我得走了。（与仆人下。）

路森修　　说实话，小姐，那我也没理由留下。（下。）

霍坦西奥　但我有理由查探这个学究。我看他好像恋爱了。可如果你的期待，比安卡，如此低下，把游荡的双眼丢在每个诱饵①上，谁想占有你，随他去！一经发现你迷失方向②，霍坦西奥要另寻所爱，向你报复③。（下。）

---

① 诱饵（stale）：与"笑柄"双关，暗指可笑的情敌。原文为"To cast thy wand'ing eyes on every stale."朱生豪译为："垂青到每一个呆鸟的身上"。梁实秋译为："对每一只呆鸟都肯垂青"。

② 迷失方向（ranging）：比喻像一只迷失的老鹰，与"变化无常"（inconstant）具双关意。

③ 报复你（quite with thee）：与"甩掉你"（rid of you）具双关意。此处两联句原文为"If once I find thee ranging, / Hortensio will be quit with thee by changing."朱生豪译为："如果我发现你水性杨花，霍登旭也要和你一刀两断，另觅新欢了。"梁实秋译为："如果有一天我发现你走了斜路，/ 郝谭修要另觅新欢，对你报复。"

第二场

帕多瓦,巴普蒂斯塔家门前

(巴普蒂斯塔、格雷米奥、特拉尼奥、凯萨琳娜、比安卡、路森修及随从等上。)

巴普蒂斯塔　　(向特拉尼奥。)路森修先生,今天是定好的日子,凯萨琳娜与彼特鲁乔结婚,但我们却没听到女婿的消息。人家会怎么说?牧师在等着宣告婚礼仪式,新郎缺席,多好笑的事!对我们这一耻辱,路森修您怎么看?

凯萨琳娜　　只有我受辱,没别人。老实说,我不得不把与内心作对的手,交给一个脑子发疯、粗暴充满脾脏①的人。求婚急火火,结婚慢悠悠。②我,告诉过你们,他是个疯癫的傻瓜,把歹意的玩笑藏在鲁莽的行为里。

---

① 脾脏(spleen):旧时人们认为脾脏是一切坏脾气的中心。在此指脾气暴躁。
② 或为对谚语的化用:"草率成婚,闲来追悔。"(He who marries in haste repents at leisure.)

	为博取一个快乐男人的美名,他会求一千次婚,约定婚礼日,设宴席,邀朋友,宣布结婚预告,却从不打算在求过婚的地方成婚。现在,世人要指着可怜的凯萨琳娜,说:"瞧!那就是疯子彼特鲁乔的老婆,除非那疯子乐意娶她!"
特拉尼奥	忍耐,善良的凯萨琳娜,还有巴普蒂斯塔。以我的性命起誓,无论什么事叫彼特鲁乔失约,他都出于善意。他虽然鲁莽,我知道他格外聪明;尽管好开玩笑,但为人诚实。
凯萨琳娜	愿凯萨琳娜从没见过他!(流泪哭下;比安卡及其他人随下。)
巴普蒂斯塔	去吧,女儿。现在哭泣,我不怪你。因为这种羞辱能惹恼一个十足的圣徒,何况你这样性情暴躁的悍妇。

(比昂戴洛上。)

比昂戴洛	主人,主人!新情况!这种旧情况,您闻所未闻!
巴普蒂斯塔	又新、又旧?那怎么可能?
比昂戴洛	哎呀,听说彼特鲁乔要来,这不是新情况?
巴普蒂斯塔	他来了?

比昂戴洛	哎呀,没,先生。
巴普蒂斯塔	那怎么回事?
比昂戴洛	就要来了。
巴普蒂斯塔	什么时候到这儿?
比昂戴洛	等他站在我这儿,与您见面之时。
特拉尼奥	那你说的旧情况,什么意思?
比昂戴洛	哎呀,彼特鲁乔快来了,戴一顶新帽子,穿一件旧紧身夹克;一条里外翻新过三回的旧马裤;一双盛过蜡烛头儿的旧皮靴,一只有鞋扣,一只系鞋带;一把生锈的从镇军械库取来的旧剑,剑柄破损,没剑鞘;还有两条破吊带①。骑的马一瘸一拐,——套了一副虫蛀的旧马鞍,两只马镫不配对。——另外,那马染上鼻疽病,鼻孔好像流着浓汁;马颚肿胀,浑身生满小疱疮,马腿长满关节瘤,重度关节肿,又患上黄疸病,治不好的耳根肿,彻底毁于晕倒症,肠子里爬满蝇蛆,脊背凹陷,肩膀脱臼,前腿膝盖内弯,马嚼子勒紧一半,为防它跌倒,羊皮做的马笼头紧拉,经常拉断,现已修补打结;一条肚带补过六遍,还有一根

---

① 吊带(points):把马裤和紧身夹克系在一起的挂襻或带子。

	女人的天鹅绒做的尾鞯,嵌钉上刻着她名字的两个首字母,到处都用打包绳修补过。
巴普蒂斯塔	谁和他一起来的?
比昂戴洛	啊,先生!他的仆从,浑身装备齐全,像那匹马一样:一条腿穿亚麻长袜,另条腿穿粗绒布长筒靴子袜,一条红蓝相间的吊袜带;一顶旧帽子,上面插着一句老掉牙的格言,替代一根羽毛装饰①——一个怪物,一个十足的衣冠怪物,哪像一个基督徒侍童或一个绅士的仆从。
特拉尼奥	这身打扮,想必有什么怪念头刺激了他。不过,他平常出门,衣着朴实。
巴普蒂斯塔	来了我就高兴,甭管怎么来的。
比昂戴洛	哎呀,先生,他没来。
巴普蒂斯塔	你不刚说他来了?
比昂戴洛	谁?彼特鲁乔吗?
巴普蒂斯塔	对,说彼特鲁乔来了。
比昂戴洛	不,先生,我说他的马来了,他在马背上。
巴普蒂斯塔	哎呀,一回事。

---

① "牛津版"原文为"The humour of forty fancies prickt in't for a feather"。此句语焉不详,令人费解。在帽子上插羽毛装物的地方,插了别的东西,可能是一首名为《四十种奇思怪想》(*The humour of forty fancies*)的民谣;也可能是某种过于精致的装饰物。朱生豪译为:"旧帽子上插根野鸡毛。"梁实秋译为:"上面插着'情歌一束',代替一根羽饰。"此处按大卫·贝文顿版《莎士比亚全集·驯悍记》释义译出。

比昂戴洛	不,以圣杰米①起誓,
	我跟您赌一便士,
	一匹马和一个人,
	可不止一样,
	倒也不算多。

(彼特鲁乔与格鲁米奥上。)
彼特鲁乔	来吧,那几位时髦少年在哪儿?谁在家?
巴普蒂斯塔	欢迎您,先生。
彼特鲁乔	不过我来得不好。②
巴普蒂斯塔	您又没瘸着腿。
特拉尼奥	衣着没我巴望的那么光鲜。
彼特鲁乔	哪怕再光鲜,我也这样奔过来。凯特在哪儿?我可爱的新娘在哪儿?——岳父可好?——先生们,我看你们都皱着眉。为何眼盯着这位穿戴漂亮的朋友,活像看到什么惊异的预兆,什么彗星,或什么不寻

---

① 圣杰米(Saint Jamy):或指西班牙天主教朝圣地"孔波斯特拉的圣詹姆斯"(Saint James of Compostella)。罗马天主教会于1120年在西班牙西北部加利西亚(Galicia)设立天主教圣地亚哥—孔波斯特拉总教区。此处这首小诗为"斯克尔顿体",出处不详。约翰·斯克尔顿(John Skelton, 1460—1529),英国诗人、人文主义者,其独创的诗歌形式,格式不规整,诗行较短,用韵不限,无固定韵式,同一韵脚可任意延伸,却无交韵。

② 意即我没觉得自己受欢迎。或也暗含我知道自己这身打扮来,不好。巴普蒂斯塔下句以"您又没瘸着腿"回答,意即挺好,您身体没毛病。

	常的异兆?
巴普蒂斯塔	哎呀,先生,您知道今天是您的婚礼日。起先我们发愁,怕您不来。现在更愁,您竟这样毫无准备地来了。——呸!脱下这套衣装,有辱您身份,在我们隆重的婚礼上,碍眼!
特拉尼奥	告诉我们,什么重要的事阻止您与妻子相见,让您穿得不像本人,这么急匆匆赶来?
彼特鲁乔	说来乏味,听来刺耳。虽说有些地方被迫偏离,我来遵守诺言,这就够了。等有了闲空,我再解释,你们听了准满意。但凯特在哪儿?我等她好久。清晨在流逝,这时候我们该在教堂里。
特拉尼奥	岂能穿这身有失体统的衣服见新娘。去我房间,把我衣服换上。
彼特鲁乔	不换,相信我。我就这样见她。
特拉尼奥	照这样,我相信,您娶不上她。
彼特鲁乔	说实话,就这样娶。所以,话说完了。她要嫁的是我,不是我的衣服。我日后若能修补她在我身上穿破[①]的地方,就像换掉

[①] 穿破(wear):彼特鲁乔以衣服穿破,比喻凯萨琳娜婚后在他身上的花销。含性暗示。

	这身破衣裳,那对凯特有好处,对我更有益。可我真傻,在这儿跟您闲聊,这时,该向我的新娘道早安,用甜蜜的吻印证我们的名分!(彼特鲁乔、格鲁米奥与比昂戴洛下。)
特拉尼奥	他一身疯癫打扮,有什么深意。如果可能,我们要劝他,穿体面点,再去教堂。
巴普蒂斯塔	我跟着他,看看这个结果。(巴普蒂斯塔、格雷米奥及众仆人下。)
特拉尼奥	(向路森修。)可是,先生,除了赢得小姐的爱,还要她父亲认可,为实现这一步,我之前告诉过阁下,要去找一个人,——甭管是谁,这不要紧,得达到我们的目的,——要他冒充比萨的文森修,在帕多瓦这儿做出保证,给一大笔钱,比我答应过的更多。那样,您将安然享有希望,获准和可爱的比安卡结婚。
路森修	要不是那位教书匠同伴,把比安卡的脚步盯这么紧,我觉得,偷婚私奔不错,一旦上演,让全世界都说"不",不管全世界,只管我自己[①]。

---

① 原文为"Twere good, methinks, to steal our marriage, / Which once performed, let all the world say no, / I'll keep mine own, despite of all the world"。朱生豪译为:"我倒希望和她秘密举行婚礼,等到木已成舟,别人就是不愿意也无可奈何了。"梁实秋译为:"我觉得我们秘密结婚倒也不错;一旦礼成,全世界的人来反对也没有用,我要享受艳福,不顾一切后果。"

特拉尼奥　　　这件事咱们要一步一步观察，寻找最佳时机。我们要蒙骗那灰白胡子的老头儿，格雷米奥；那密切窥探的父亲，米诺拉；那精明的音乐家，多情的利西奥，这一切，全都为了我的主人，路森修。

（格雷米奥上。）

特拉尼奥　　　格雷米奥先生，您从教堂回来了？
格雷米奥　　　像学生放学那么愉快。
特拉尼奥　　　新郎、新娘回家了？
格雷米奥　　　您问新郎？好一个下贱仆役，一个牢骚满腹的仆役，那姑娘会察觉的。
特拉尼奥　　　比她更爱吵嘴？哎呀，这不可能。
格雷米奥　　　哎呀，他是个魔鬼，魔鬼，十足的恶魔。
特拉尼奥　　　哎呀，她是个魔鬼，魔鬼，魔鬼他娘。
格雷米奥　　　啧！跟他比，她是一头羔羊、一只鸽子、一个小可怜虫。我跟您说，路森修先生，当牧师问他，是否愿娶凯萨琳娜为妻，他说："是，以上帝的伤口起誓！"他发誓那么大声，牧师一惊，《圣经》掉在地上。牧师俯身去拿《圣经》，这个脑子疯癫的新郎，给他这么一巴掌，牧师连人带书倒在地上。"如有

	谁愿意，"他说，"现在把他们①拾起来。"
特拉尼奥	牧师起身后，那姑娘说了什么？
格雷米奥	吓得颤抖。因为他跺脚咒骂，好像牧师成心骗他。待各种仪式结束后，他招呼上酒，说"为健康干杯！"。好像他在一艘船上，暴风雨过后与朋友畅饮。他把麝香葡萄酒②一饮而尽，将酒里泡过的糕饼扔了教堂司事一脸。没什么理由，只因那司事胡子稀薄，面有菜色，在他喝酒时，好像向他讨要泡过酒的糕饼。完后，他搂住新娘脖子，亲她嘴唇，咂嘴响吻，分开时，整个教堂满是回声。看见这场面，觉得难为情，我就走了。我想，大家也随着我散去。如此疯狂的婚礼，前所未见。——听，听！我听见乐师们③在演奏。(乐声。)

(彼特鲁乔、凯萨琳娜、比安卡、巴普蒂斯塔、霍坦西奥、格鲁米奥及随从等上。)

彼特鲁乔	先生们，朋友们，有劳各位，感谢。我知道

---

① 他们(them)：即连人带《圣经》。按"皇莎版"释义，此处或暗指凯萨琳娜裙子的裙裾下摆，彼特鲁乔声称怀疑牧师偷看衬裙。

② 麝香葡萄酒(muscadel)：法国卢瓦尔河谷产的一种干白葡萄酒。

③ 乐师们(minstrels)：中世纪时专以歌唱、讲故事、滑稽表演等取悦豪门贵族的歌手、乐师和滑稽演员们。

	你们今天想与我共进婚宴,已备好丰足的婚宴餐食、酒饮。即使这样,我有急事,只好离开,因此,在这儿向各位辞行。
巴普蒂斯塔	今晚再走可好?
彼特鲁乔	必须今天走,天黑之前。不用吃惊,若知道我的计划,您会恳求我赶紧走,别停留。尊敬的朋友们,感谢大家,眼见我把自己引交给这位最耐心、甜美、贤德的妻子。与我的岳父共餐,为我健康干一杯。我得走了,各位告辞。
特拉尼奥	我们请您饭后再走。
彼特鲁乔	不成。
格雷米奥	我来请求。
彼特鲁乔	不可能。
凯萨琳娜	我来求您。
彼特鲁乔	我很高兴。
凯萨琳娜	高兴留下?
彼特鲁乔	高兴您能求我留下,——但随您怎么求我,却不高兴留下。
凯萨琳娜	此刻,您如果爱我,留下。
彼特鲁乔	格鲁米奥,备马!

格鲁米奥	是,先生,备好了。——燕麦吃掉了马。①
凯萨琳娜	不,那好,随您怎样,我今天不走。明天也不走。高兴了再走。门开着,先生,路敞在那儿,趁靴子还新着,赶紧走人。至于我,啥时候高兴啥时候走。从一开始就这么粗暴,看来您要变成一个霸道、傲慢的马夫②。
彼特鲁乔	啊,凯特,高兴点儿。请别生气。
凯萨琳娜	偏要生气。与你何干?——爸爸,安静,等我闲下来再说。
格雷米奥	啊,以圣母马利亚起誓,现在要发作了。
凯萨琳娜	先生们,入席婚宴。我看,一个女人若没有反抗精神,别人会把你变成傻瓜。
彼特鲁乔	凯特,你发指令,他们这就入席。——你们,来参加婚礼的,都听从新娘;去享用婚宴,狂欢、痛饮,为她的处女之身开心醉饮,疯狂、快乐,——否则,就去上吊。至于我漂亮的凯特,必须跟我一起走。——不,脸色别那么吓人,也别跺脚,别瞪眼,别暴躁。我是自己所属之物的主人:她是我的私产,我的动产。她是我的房子,我

---

① 燕麦吃掉了马(the oats have eaten the horses.):格鲁米奥故意说反话,意即马吃饱了燕麦。

② 马夫(groom):与新郎(groom)双关。

的家具，我的牧场，我的谷仓，我的马，我的牛，我的驴，我一切所有①。她站在这儿，看谁敢碰她。在帕多瓦，哪个最勇敢之人敢挡我路，我就起诉他。——格鲁米奥，拿出武器②，咱们被盗贼包围了。你若是条汉子，救你女主人。——别怕，亲爱的姑娘，他们不会碰你，凯特。我要拿小圆盾防护你，御敌百万。

（彼特鲁乔、凯萨琳娜与格鲁米奥下。）

巴普蒂斯塔	好，让他们走。——一对儿安静的新人！
格雷米奥	他们若不赶快走，我会笑死。
特拉尼奥	所有疯狂的婚配，从无类似的先例。
路森修	（向比安卡。）小姐，您对自己姐姐怎么看？
比安卡	她自己发疯，配对儿也疯狂。
格雷米奥	我敢说，彼特鲁乔患了"凯特病"③。
巴普蒂斯塔	邻居们，朋友们，尽管新娘、新郎餐桌上的位置空缺，你们知道婚宴的蜜饯糖果不缺。——路森修，新郎的位置您来占，让

---

① 此处呼应"摩西十诫"之第十诫（Tenth Commandment），参见《旧约·出埃及记》20:17："不可贪恋人的房屋，也不可贪恋人的妻子、奴婢、牛驴，及其一切所有。"

② 此处没有舞台提示，也许彼特鲁乔和格鲁米奥两人真拔出剑来。

③ "凯特病"（Kated）：这是格雷米奥发明的词，意即与凯特配对所患的一种病。

	比安卡补她姐姐的缺。
特拉尼奥	让可爱的比安卡排练如何做新娘？
巴普蒂斯塔	该她了,路森修。——来,先生们,咱们走。(众下。)

彼特鲁乔　　格鲁米奥，拿出武器，咱们被盗贼包围了。你若是条汉子，救你女主人。——别怕，亲爱的姑娘，他们不会碰你，凯特。我要拿小圆盾防护你，御敌百万。

第四幕

第一场

彼特鲁乔乡间别墅厅堂,桌、椅摆好

(格鲁米奥上。)

格鲁米奥　呸!诅咒所有跑累的驽马,诅咒一切疯狂的主人,诅咒这些泥泞的路!谁这样挨过打?谁弄过这么脏?谁如此疲劳过?派我回来先生火,他们随后来取暖。此刻,若不是我一把小壶煮水快①,嘴唇能冻在牙齿上,舌头冻在上颚②,心冻在肚子里,来不及到炉边解冻。——但我,要边生火,边取暖。因为,细想这天气,个头比我高的人,就感冒了。——喂,喂!柯蒂斯!

---

① 一把小壶煮水快(a little pot and soon hot):谚语,比喻人小容易发脾气。格鲁米奥身形矮小,以此自嘲。
② 参见《旧约·诗篇》22:15:"我的喉咙像尘土一样干枯,/ 舌头黏在牙床上。/ 你竟让我在尘土中等死。"137:6:"愿我舌头冻僵,再不能唱歌。"

(柯蒂斯上。)

柯蒂斯　　　　谁,叫得这么冰凉?

格鲁米奥　　　一块冰。你若不信,可以从我肩头滑到脚后跟,除了脑袋和脖子,没有更好的开端①。生火,好心的柯蒂斯。

柯蒂斯　　　　主人和夫人要来了,格鲁米奥?

格鲁米奥　　　啊,对,柯蒂斯,对,所以,生火,生火,别泼水②。

柯蒂斯　　　　像传闻说的,她是个十足的暴脾气泼妇?

格鲁米奥　　　在这场霜冻之前,她是这样,好心的柯蒂斯。不过,你一定知道,冬天能驯男、驯女、驯家畜③。因为它已驯服我的旧主人、新主妇和我本人,柯蒂斯伙计。

柯蒂斯　　　　滚,您这三寸长的傻瓜!我不是家畜④。

格鲁米奥　　　我只长三寸?哎呀,你的犄角长一尺,至少

---

① 原文为"with no greater a run but my head and my neck"。朱生豪未译。梁实秋译为:"那不比我的头和颈子长多少。"

② 别泼水(cast on no water):此为格鲁米奥对一首苏格兰民谣的调侃化用,民谣:"苏格兰在燃烧,苏格兰在燃烧,/看那边,看那边!/火,火!火,火!/多泼水!多泼水(Cast on water)!"

③ 此为对谚语"冬天和婚姻,驯人也驯家畜。"(winter and wedlock tame both man and beast.)的化用。

④ 格鲁米奥上句调侃自比"家畜",并随口称柯蒂斯"伙计",柯蒂斯反唇相讥,意即我不是家畜的伙计。

	我也有这么长①。你还不生火？不然我去咱女主人那儿告状，她的巴掌，——此时她近在眼前，——因你延误生火之责，要让你感受冰冷的安慰②。
柯蒂斯	请你告诉我，好心的格鲁米奥，世间什么情况？
格鲁米奥	一个冰冷世间，柯蒂斯，除了你的每项工作，所以，生火吧。尽你那份责，拿你那份钱，因为我的主人、女主人快冻死了。
柯蒂斯	火弄好了。所以，好心的格鲁米奥，有什么消息？
格鲁米奥	哎呀，"杰克，伙计！喂，伙计！"③消息，想要多少有多少。
柯蒂斯	行啦，您真是满肚子花招！
格鲁米奥	哎呀，所以要生火，因我已得了重感冒。厨师呢？晚饭预备好没？屋子装点好了？地板铺了灯芯草④？蜘蛛网清干净了？用人们

---

① 格鲁米奥反击柯蒂斯，意即我本人（还有那儿）的尺寸，至少和让你戴绿帽子头上长出的角一样长。

② 原文为"whose hand, she being now at hand, thou shalt soon feel, to thy cold comfort, for being slow in thy hot office"。朱生豪译为："让你尝尝她的巴掌的滋味。"梁实秋译为："她就要到达了——为了你的迟延不肯做取暖的工作而尝试她的冷酷的手段？"

③ 此为对一古老小调的化用，小调："杰克，伙计！喂，伙计！猫在井里。"

④ 在地板上铺灯芯草是伊丽莎白时代的通常做法。

	都穿上崭新的粗亚麻棉制服，穿上白袜子了？每位家仆都穿了婚礼服[1]？"杰克杯""吉尔杯"[2]，里外都弄净、擦亮了？桌毯铺好了？一切都妥了？
柯蒂斯	都妥了。所以，才问你，有什么消息。
格鲁米奥	要先知道，我的马累了，主人和女主人都跌下来。
柯蒂斯	怎么？
格鲁米奥	从鞍子上掉进泥里，——这就有了故事。
柯蒂斯	说来听，好心的格鲁米奥。
格鲁米奥	耳朵凑过来。
柯蒂斯	来了。
格鲁米奥	(打他一巴掌。)瞧打。
柯蒂斯	这是感受故事，不是听故事。
格鲁米奥	所以这叫能感觉的故事，这一巴掌只打在你耳朵上，请你听好。现在开讲："起先"[3]，我们从一个泥泞的斜坡下来，主人骑在女主人后面，——

---

[1] 参见《新约·马太福音》22：11："国王出来会客时，见一个人没穿喜宴的礼服，便问：'朋友，你来这里，怎么不穿礼服呢？'"

[2] "杰克杯"(Jacks)：具双重含义，既指男仆，亦指容量半品脱的大酒杯；"吉尔杯"(Jills)：既指女仆，亦指容量四分之一品脱的金属酒杯。杰克、吉尔，是英格兰男女常取的名字。

[3] "起先"(Imprimis)：原文为拉丁文。

格鲁米奥　"起先",我们从一个泥泞的斜坡下来。

柯蒂斯	两人一匹马?
格鲁米奥	与你何干?
柯蒂斯	哎呀,一匹马。
格鲁米奥	你来讲这故事。——你若没打断我,就能听到她的马怎么跌倒,她怎么压在马下面;能听到怎么在一个泥沼似的地方,她怎么弄的一身泥;他如何让马压在她上面;如何因为马绊倒揍我一顿;她如何脚蹬烂泥,把他拽开;他如何咒骂;她如何恳求,——她以前从未求过谁;我如何喊叫;马如何跑掉;她的缰绳怎么断的;我怎么丢的尾鞯;——有好多值得记住的事儿,现在这些要消失在遗忘里,等你归入坟墓也毫不知情。
柯蒂斯	这样一算,他比她脾气更坏。
格鲁米奥	对,等他回来,你和你们中最勇敢的,就能察觉。可我说这个干什么?——去招呼纳撒尼尔、约瑟夫、尼古拉斯、菲利普、沃尔特、休格索普,还有其他人。让他们把头梳光溜,把蓝上衣①刷一遍,吊袜带系得适中。让他们屈左腿②行屈膝礼,吻他们自己手③之前,

---

① 蓝上衣(blue coat):仆人传统制服为蓝色。
② 屈左腿(left legs):表示俯首听命,屈右腿表示傲慢。
③ 吻他们自己手(kiss their hands):先吻自己手,表示对上级尊重。

	不可擅自触碰主人马尾巴一根毛。他们都准备好了？
柯蒂斯	准备好了。
格鲁米奥	叫他们出来。
柯蒂斯	你们听到没有,喂？你们必须迎接主人,向女主人致敬①。
格鲁米奥	哎呀,她本人有一张脸。
柯蒂斯	这谁不知道？
格鲁米奥	你,好像要大家去给她脸面。
柯蒂斯	我叫他们去向她致敬②。
格鲁米奥	哎呀,她来,不找他们借一丝一毫。

(四五个男仆上。)

纳撒尼尔	欢迎回家,格鲁米奥!
菲利普	可好,格鲁米奥!
约瑟夫	嗬,格鲁米奥!
尼古拉斯	格鲁米奥伙计!
纳撒尼尔	怎么样,老伙计?
格鲁米奥	欢迎,您!——可好,您!——嗬,您!——伙计,您!(向每位男仆打招呼。)——这样咱们算

---

① 向女主人致敬(to countenance my mistress.):与"给她一个面子(countenance)"双关,故有下文"去给她脸面"之说。

② 向她致敬(to credit her):与"借钱给她"双关。

	招呼过了。现在,我衣着整洁的伙计们,一切妥当,所有事都利落了?
纳撒尼尔	一切准备就绪。咱们的主人快到了?
格鲁米奥	就在眼前,这会儿下了马。所以不要——以上帝的受难起誓,别出声!——我听见主人的声音。

(彼特鲁乔与凯萨琳娜上。)

彼特鲁乔	这帮家奴死哪儿了?怎么,门口没人给我握住马镫,也没人牵马?纳撒尼尔,格里高利,菲利普,在哪儿?——
众仆人	在这儿,在这儿,先生,在这儿,先生。
彼特鲁乔	在这儿,先生!在这儿,先生!在这儿,先生!在这儿,先生!——你们这伙圆木脑袋、粗笨的贱奴!怎么,不服侍?不留心?不孝敬?——我先打发回的那个蠢蛋在哪儿?
格鲁米奥	在这儿,先生,跟原先一样蠢。
彼特鲁乔	您这个乡巴佬儿!您这婊子养的,套在酒坊里研磨大麦的笨马①一样的贱奴!我没命你领着这群下贱奴才,来猎场接我吗?
格鲁米奥	纳撒尼尔的上衣,先生,还没完活;加布里埃

---

① 套在酒坊里研磨大麦的笨马(malt-horse):意即白痴蠢货。

　　　　　　　尔的便鞋，后跟还没刺上花纹；要给彼得的帽子涂色，找不着木炭条①；沃尔特的短剑，拔不出鞘；除了亚当、拉夫和格里高利，全不成样子，剩下的都衣装破旧、老式，像叫花子。可尽管这样，他们都来这儿迎接您。

彼特鲁乔　　去，贱货，去，给我把晚餐拿来。(数仆人下。)——(唱。)"我从前的日子在哪里？那些日子在哪里，"②——坐下，凯特，欢迎。(他们坐下。)——吃的，吃的，吃的，吃的③！

(数仆人端晚餐上。)

彼特鲁乔　　哎呀，才送来，我说？——不，仁慈、甜美的凯特，开心起来。——给我脱靴子，你们这些无赖！你们这些贱奴，还不脱？(一仆人为其脱靴。)——

　　　　　　　(唱。)

　　　　　　　　　灰衣派修道士④，

----

① 木炭条(link)：由烧焦的火把做成的涂料，在此指把帽子涂成炭黑色。
② 可能引自一首失传的民谣，哀叹婚姻使男人失去自由。
③ 此处令人费解。"牛津版"延用旧版"Soud, soud, soud, soud!"注家释为不耐烦的"哼哼声"："哼，哼，哼，哼！"从语境看，"新剑桥版"更为合理："Food, food, food, food!"。诚然，"Soud"亦或由早先莎士比亚剧团抄写员之笔误造成。朱生豪未译，梁实秋译为："啊，啊，啊，啊！"
④ 灰衣派修道士(It was the friar of orders grey)：方济各派穿灰色修士服的修士。此处两联句引自失传民谣。

> 他一路向前走。——
> 该咒的,您这贱奴!您把脚弄歪了。挨一脚,(踢他。)另一只脱好点儿。开心起来,凯特。——打点水来,喂,嚋!(一仆人拿水上。)——我的猎狗特洛伊罗斯[①]呢?小子,您去,叫我表弟费迪南德[②]来这儿。(一仆人下。)——这个人,凯特,您必须同他亲吻、结交。——我拖鞋在哪儿?我要的水呢?来,凯特,洗下手,满心欢迎。——(仆人失手,水盆坠地;彼特鲁乔打他。)您这婊子养的恶棍!成心摔地上?

凯萨琳娜 请您,忍耐。过失并非有意。
彼特鲁乔 一个婊子养的大木槌脑袋,大耳垂贱货!——来,凯特,坐下,我知道您胃口不错。您来做餐前祷告,亲爱的凯特,还是我来?这是什么?羊肉?
仆人甲 对。
彼特鲁乔 谁拿来的?
彼得 我。
彼特鲁乔 烧煳了,肉整个焦了。这些狗东西!——下

[①] 特洛伊罗斯(Troilus):莎士比亚写有爱情悲剧《特洛伊罗斯与克瑞西达》,在此将猎犬起名"特洛伊罗斯",暗含"忠诚"之意。

[②] 费迪南德(Ferdinand):此人并未在剧中出现。

彼特鲁乔　这是什么？羊肉？
仆人甲　　对。

三烂的厨子在哪儿？贱奴，明知我不喜欢，还敢从餐桌取来，这样端给我吃？（将肉和餐盘扔向仆人。）瞧，木盘、杯子，一股脑儿都拿回去。你们这些粗心的蠢蛋，不懂礼数的奴才！怎么，你们还抱怨？我要立刻报复你们。

凯萨琳娜 我恳求您，丈夫，别这么焦躁。您若能放宽心，这肉还算可口。

彼特鲁乔 我告诉你，凯特，羊肉烧煳了，枯焦了。因为，有明令，不准我去碰它，它孕育胆汁，栽种愤怒，咱们俩最好都禁食，——既然，从天性来说，咱们本身胆汁多，——不能再用这种烤过头的肉喂肚子。要忍耐，明天就能改善，因为今夜我们要一起挨饿。——来，我领你去婚房。（彼特鲁乔、凯萨琳娜与柯蒂斯下。）

（众仆人分头上。）

纳撒尼尔 彼得，以前可见过这场景？
彼得 他用她本人的泼悍制服她。
格鲁米奥 他在哪儿？

（柯蒂斯上。）

柯蒂斯 在婚房里，向她宣讲自我克制，抱怨、赌咒、责骂，弄得她，这可怜的灵魂，不知站哪儿好、看哪儿好、说啥好，坐着，好似大梦方醒。——走开，走开！他来了。(众仆人下。)

彼特鲁乔　　就这样，精明地开启我的统治，希望圆满结束。我的猎鹰①现在饿得厉害，饥肠辘辘，在她飞扑②之前，决不能喂饱，因为那样，她不会留意诱饵。驯服我的母野鹰，我还有一招，让她来熟悉饲养者的呼叫，那就是，让她熬夜，像我们驯服那些扑棱翅膀不肯顺从的鸢鸟③一样。今天她没吃肉，明天也没肉吃。昨夜她没睡，今夜也甭睡。如同对那盘肉，我要找出床的毛病，把枕头扔这儿，靠枕扔那儿，床罩扔这边，床单扔那边。对，在这通混乱中，我假装所做一切都出于对她恭敬、呵护。总之，让她整宿熬夜，哪怕打个盹，我要又吵又骂，闹得她永远醒着。这是拿温情杀妻的法子，这样我才能勒住她疯狂、任性的脾气。——

　　　　　　谁更懂得如何驯服一个悍妇，
　　　　　　让他开口讲。这是慈悲展示。(下。)

---

① 猎鹰(falcon)：驯服一只野鹰需经过有步骤的"熬鹰"训练，包括持续观察、剥夺睡眠、令其饥饿。
② 飞扑(stoop)：驯鹰用语，即从空中扑向猎物。
③ 鸢鸟(kites)：与"凯特"(Kate)双关。

第二场

帕多瓦,巴普蒂斯塔家门前

[特拉尼奥与霍坦西奥(利西奥)上。]

特拉尼奥　　利西奥朋友,除了路森修,比安卡小姐会爱上别人,这可能吗?我告诉您,先生,她在诱骗我①。

霍坦西奥　　先生,为使您相信我刚才说的,站在一旁,观察他的教课方法。

(比安卡与路森修上。)

路森修　　小姐,近来书读得怎么样?

比安卡　　老师在读什么书?您先回答。

路森修　　读我正在宣扬的《爱的艺术》②。

---

① 特拉尼奥宣传比安卡骗她,纯属讽刺,却能使他操纵霍坦西奥。

② 《爱的艺术》(*Art to Love*):古罗马诗人奥维德的拉丁文爱情哲学名篇《爱经》(*Ars Amatoria*)。

比安卡	先生,愿您变成您这门艺术的主人①!
路森修	同时愿您,亲亲爱爱的,成为我心灵的女主人!(与比安卡一旁交谈。)
霍坦西奥	以圣母马利亚起誓,飞速的学位获得者②!现在,请告诉我,您敢发誓,您的女主人比安卡不像爱路森修那样,爱世上任何人,——
特拉尼奥	啊,残忍的爱情!善变的女性!——我跟你说,利西奥,这很意外。
霍坦西奥	别再认错,我不是利西奥,也不像外表显出来的,是音乐家;而是个不屑于活在这种伪装里的人,因为这样一个女人③,竟离开一位绅士,把这种下流坯变成一尊神。认清,先生,我叫霍坦西奥。
特拉尼奥	霍坦西奥先生,常听人说您对比安卡满心挚爱。既然亲眼见证她的轻浮,您若乐意,我愿同您一道,誓言永远放弃比安卡和她的爱。
霍坦西奥	瞧,他们在怎样亲吻、求爱!——路森修先

---

① 主人(master):与"大师"(master)、"硕士"(master)双关,故路森修下句接话,愿比安卡成为自己内心的女主人(mistress)。同时,"您这门艺术的主人(大师)"(master of your art)又与"艺术硕士"(Master of Art)双关。故下文霍坦西奥调侃比安卡快速获得"(爱情)艺术硕士学位"。

② 飞速的学位获得者(Quick proceeders):意即学生如此聪慧,快速获取学位。同时,因"学士学位"(bachelor)与"单身汉"为同一单词,故双关意为快速脱离"单身汉"(bachelor)的状态。

③ 这样一个女人(such a one):指比安卡。

生,我凭这只手,在此坚定立誓,决不再追求她。我发誓抛弃她,因我曾愚蠢地讨好过她,她配不上我之前对她的一切宠爱。

特拉尼奥　我同样真诚立誓,哪怕她来求,我也决不娶。诅咒她①!瞧,她追求他,追得多么野性②!

霍坦西奥　愿除他之外,整个世界立誓抛弃她!至于我,当然能信守誓言,不出三天,我要和一位有钱的寡妇结婚,她长久爱着我,我却爱上这只自骄自傲的野母鹰③。再会,路森修先生。——女人凭体贴,不靠姿容外貌,才能赢得我的爱。——那告辞了,既立下誓言,我必坚守。(下。)

(路森修与比安卡走出。)

特拉尼奥　比安卡小姐,以这份归于一个恋人之幸运情形的恩典,祝福您④!不,我已抓你们个措手

---

① 诅咒她(Fie on her):朱生豪译为:"不害臊的"!梁实秋译为:"她好不要脸"!

② 野性(beastly):指像野蛮动物们那样的求爱。朱生豪译为:"瞧她那副浪相"!梁实秋译为:"看她对他摆出的那副骚相"。

③ 这只自骄自傲的野母鹰(this proud disdainful haggard):代指比安卡。朱生豪译为:"这个鬼丫头"。梁实秋译为:"这个傲慢的野鹰"。

④ 原文为"bless you with such grace / As 'longeth to a lover's blessed case!"朱生豪译为:"祝福您爱情美满!"梁实秋译为:"愿上天降福给你,让有情人如愿以偿!""情形"(case):或指路森修乔装成坎比奥的情形;亦或含性意味,暗指比安卡的女阴,意即比安卡小姐,我以您将归属于我的主人(路森修)这份恩典,祝福您。

	不及①,温柔的心上人,并与霍坦西奥一同立誓,放弃您。
比安卡	特拉尼奥,您开玩笑。你们真发誓放弃我了?
特拉尼奥	是的,小姐。
路森修	那我们摆脱掉利西奥。
特拉尼奥	老实说,他现在要娶一位快活的②寡妇,一天之内完成求爱、婚嫁。
比安卡	愿上帝给他欢乐!
特拉尼奥	对,他要驯服她。
比安卡	说说罢了,特拉尼奥。
特拉尼奥	真的,他去了驯化学校。
比安卡	驯化学校! 怎么,真有这种地方?
特拉尼奥	对,小姐,校长是彼特鲁乔,传授"三十一点"③招数,驯化悍妇,用魔咒降住唠叨不休的舌头④。

(比昂戴洛上。)

---

① 原文为"I have ta'en you napping"。意即我看到你们求爱。朱生豪译为:"我刚才已经窥见你们的秘密。"梁实秋译为:"我已经偷看到你们的行为。"

② 快活的(lusty):该词有活泼的、热切的、性饥渴的等多重含义,在暗指寡妇性欲强。

③ "三十一点招数"(tricks eleven and twenty long):化用"三十一点纸牌游戏"术语,游戏中,三十一点为最高点,获者为赢。在此代指绝对有效的招数。

④ 原文为"charm her chatt'ring tongue"。朱生豪译为:"对付长舌。"梁实秋译为:"整治她的长舌。"

比昂戴洛　　啊,主人,主人!我守候那么久,像条累死的狗,终于瞄到一位年老的守护天使从斜坡下来,我们正好派上用场。

特拉尼奥　　比昂戴洛,他是干什么的?

比昂戴洛　　主人,是个"商人"①,也可能是教书匠,我搞不清。但衣着整齐,那步态、神情,活像一位神父。

路森修　　找他做什么,特拉尼奥?

特拉尼奥　　他若易于轻信,并相信我的故事,我要叫他乐于假冒文森修,去向巴普蒂斯塔·米诺拉保证,他就是正牌的文森修。领您心爱之人进去,事情我来办。(路森修与比安卡下。)

(一学究②上。)

学究　　上帝保佑您,先生!

特拉尼奥　　保佑您,先生。欢迎。您要继续远行,还是,已在旅行终点?

学究　　先生,在这处终点待一两周,后再远行,远至罗马。若上帝借给我寿命,便一直走到的黎

---

① "商人"(mercatante):原文为意大利文。
② "新剑桥版"将此"学究"(pedant)角色改为"商人"(merchant),从剧情看,更显合理。

	波里①。
特拉尼奥	请问,您打哪儿来?
学究	曼图亚。
特拉尼奥	曼图亚,先生?——以圣母马利亚起誓,上帝不准!来帕多瓦,您不把命当回事?
学究	我的命,先生?请问,为何?这非同小可。
特拉尼奥	任何曼图亚人,来帕多瓦,都得死。您不知道缘由?你们的船②被扣在威尼斯。公爵——因你们公爵同他之间一场私下争吵,已发布公告,对此公开谴责③。真令人惊奇,——除非您刚刚抵达,不然,对公告应有耳闻。
学究	唉,先生,对我来说,比这更糟。因我有几张从佛罗伦萨④带来的汇票,必须在这儿兑现款。
特拉尼奥	那好,先生,出于礼貌,这事我来办,给您出个主意,——先问一下,您可曾去过比萨?

---

① 的黎波里(Tripoli):中世纪时,是非洲地中海沿岸连接欧洲与中非之间重要的商贸港口。

② 你们的船(your ships):指挂曼图亚旗帜的船只。

③ 原文为"the duck……/ hath publist and proclaim'd it openly"。朱生豪译为:"已经宣布不准敌邦人士入境的禁令。"梁实秋译为:"业已公开宣布两地之间禁止来往。"

④ 佛罗伦萨(Florence):意大利北部历史文化名城,被誉为欧洲"文艺复兴的摇篮",中世纪时商贸繁荣的城邦共和国。

学究	对,先生,我常去比萨,比萨以公民博学而闻名。
特拉尼奥	其中有位文森修,您可认识?
学究	早有耳闻,但不认识,是位无人可比的富商。
特拉尼奥	他是我父亲,先生。老实说,面容有点像您。
比昂戴洛	(旁白。)像把一个苹果比成一只牡蛎,完全不搭界。
特拉尼奥	在这危难中,为救您一命,看家父情面,这个忙我要帮。您长得像文森修先生,想必整个运气不算坏。要假冒他的姓名及名望,住在我家,您将受到殷勤善待。——务必把角色饰演到位①。您懂我意思,先生。——就这么住着,直到您在城里办完事。若蒙不弃,先生,请接受这番好意。
学究	啊,先生,接受,我要永远尊您为我生命和自由的恩主②。
特拉尼奥	那与我同去,把事情办妥。有件事,顺便一说,要让您明白。——这里每天巴望着我父亲来,给我和这里巴普蒂斯塔的一个女儿,

---

① 原文为"Look that you take upon you as you should"。朱生豪译为:"可是您必须注意您的说话行为,别让人瞧出破绽!"梁实秋译为:"必须做出您应该有的一副神情。"

② 恩主(patron):在古罗马,指有一定权势的保护人、庇护人;在伊丽莎白时代,主要是艺术家的赞助人、资助者。

对婚姻中一笔亡夫遗产做出保证。一切相关细节,我提示给您。跟我去换一套合身衣服。(众下。)

第三场

彼特鲁乔家中一室

（凯萨琳娜与格鲁米奥上。）

格鲁米奥　　不，不，真的，豁出命我也不敢。

凯萨琳娜　　我越受委屈，好像他越刁难我。怎么，他娶我，为叫我挨饿？路经我父亲家门的乞丐，都能立刻讨一份施舍。即便没有，可去别人家获赈济。而我，——从不知怎么求人，也从不曾有求人之需，——却饿得没饭吃，因缺觉头昏眼花。咒骂叫我难眠，吵闹喂饱肚子。而且，比缺觉禁食更招我恨的是，他这么做，全打着完美爱情之名。好像有谁会说，我若又吃又睡，会患上绝症，或立刻死掉。求你，去给我弄点饭菜，只要有益健康，吃什么都行。

格鲁米奥　　给您来只牛蹄子怎么样？

凯萨琳娜　　非常棒，求您拿给我。

格鲁米奥	我怕牛蹄肉诱发太多胆汁①。来份精心烤过的肥牛肚怎么样？
凯萨琳娜	我很喜欢，好心的格鲁米奥，拿给我。
格鲁米奥	我不知该怎么办，担心诱发胆汁。给您来份芥末牛肉如何？
凯萨琳娜	这道菜我爱吃。
格鲁米奥	嗯，可芥末有点太火辣。
凯萨琳娜	哎呀，那光要牛肉，不要芥末。
格鲁米奥	不，那不成。您得要芥末，否则，就吃不到格鲁米奥的牛肉。
凯萨琳娜	那两样都要，或要一样，或别的什么，随便你。
格鲁米奥	那就，芥末不配牛肉。
凯萨琳娜	去，给我滚，你这骗人、玩弄人的奴才，（打他。）光拿饭菜的名字喂我吃！见我痛苦如此得意，愿伤悲跟随你，和你们这一伙②！去，给我滚！

（彼特鲁乔端一盘肉，偕霍坦西奥上。）

彼特鲁乔	我的凯特可好？怎么，亲爱的，不高兴？

---

① 意即我担心吃牛蹄肉容易让您发脾气冒火。
② 原文为"Sorrow on thee, and all the pack of you / that triumph thus upon my misery"。朱生豪译为："你们瞧着我倒霉得意，看你们得意到几时！"梁实秋译为："你们这种人幸灾乐祸，得不到好处！"

霍坦西奥　　　夫人,开心吗?

凯萨琳娜　　　无比寒心。

彼特鲁乔　　　打起精神,高兴地看着我①。来,亲爱的。看我多勤快,亲手备好这盘肉,给你送来。(将盘放桌上。)——我深信,亲爱的凯特,这份好心配得上感谢。怎么,一个字不说? 那好,你不喜欢吃,我操持半天白辛苦。——来,把盘子端走。

凯萨琳娜　　　请您把它放那儿。

彼特鲁乔　　　最差劲的服务也应得一声感谢,您在碰这肉之前,该谢我才对。

凯萨琳娜　　　谢谢您,先生。

霍坦西奥　　　彼特鲁乔先生,呸! 都怪您。——来,凯特夫人,我陪您。

彼特鲁乔　　　(旁白。)霍坦西奥,你若敬爱我,把它全吃掉。(霍坦西奥端走盘子。)——(向凯萨琳娜。)愿它对你温柔的心大有益处! 凯特,快点吃。——现在,我心爱的人,我们要回你父亲家,像上流人士一样,尽情狂欢,

　　　　　　　身穿丝外衣,头戴绸帽,手戴金戒指,

---

① 此处三人对话在玩文字游戏,前句霍坦西奥问"开心吗?"(what cheer?),下句凯萨琳娜回"无比寒心"(as cold as can be),彼特鲁乔这句让凯萨琳娜"打起精神"(pluck up thy spirits)、"高兴地"(cheerfully)看他。

轮状皱领,翻边袖口,裙环裙[1],一应
俱全;
还有围巾,绢扇,外加两套华丽衣装,
琥珀手镯,串珠,及所有这类小饰物。
怎么!还没吃完?裁缝等候多时,
要用饰褶边的华贵服饰,把你的身体来
打扮[2]。

(裁缝持一件女裙服上。)

彼特鲁乔　　来,裁缝,让我们看看这些装饰物。把裙服
　　　　　　铺开。——

(杂货商持一顶帽子上。)

彼特鲁乔　　先生,您来做什么?
杂货商　　　这是阁下定制的帽子。
彼特鲁乔　　哎呀,这是拿粥盆当模子做的。——一只天
　　　　　　鹅绒粥盆! ——呸,呸!粗俗,低劣。呃,这
　　　　　　是个海扇壳,或是胡桃壳,一件小饰物,一个
　　　　　　小玩具,一个小玩意儿,一顶婴儿帽。快拿
　　　　　　走! 来,给我换顶大号的。
凯萨琳娜　　不要大号的,这一顶正时兴,淑女们都戴这

---

[1] 裙环裙(farthingales):16—17世纪流行的用鲸鱼骨裙环撑开的裙子。
[2] 原文为"To deck thy body with his ruffling treasure"。朱生豪译为:"替你穿上新衣呢。"梁实秋译为:"用鲜艳的新衣来打扮你的身体。"

种式样的帽子。

彼特鲁乔　等您显出温柔,也能戴一顶,到那时再说。

霍坦西奥　(旁白。)不必匆忙。

凯萨琳娜　唉,先生,我相信我能获准说话,何况我要说。我不是孩子,不是婴儿。您的尊长们都允我说出想法,您若做不到,最好塞上耳朵。我的舌头要倾吐心中怒火,否则,我隐藏怒火之心就要碎了①。与其心碎,我宁愿随心所欲,自由地尽情倾诉。

彼特鲁乔　哎呀,你说得特对。——这是顶低劣的帽子,一层蛋饼上的酥皮,一件小摆设,一块丝绸饼。因你不喜欢它,我深爱你。

凯萨琳娜　爱也罢,不爱也罢,我喜欢这帽子。就要这一顶,否则,一顶不要。(杂货商下。)

彼特鲁乔　你的裙服?哎呀,对。——来,裁缝,让我们看看。啊,仁慈的上帝!这是演假面剧的戏装?这是什么?——一只袖子?像一门大口径加农炮。怎么,从一端到另一端,像苹果挞的酥皮一样整个裂开?这儿,剪、截、裁、割缝、开衩,活像理发店里的熏香

---

① 原文为"Or else my heart concealing it will break"。朱生豪未译,梁实秋译为:"如果隐忍不发,心要气破了。"

彼特鲁乔　　哎呀,真是个魔鬼名字,裁缝,你管这叫什么?

	炉。——哎呀,真是个魔鬼名字,裁缝,你管这叫什么?
霍坦西奥	(旁白。)我看帽子、裙服,八成得不着。
裁缝	您叫我按眼下流行式样,精心裁制。
彼特鲁乔	以圣母马利亚起誓,这话说过。可您若还记得,我没要您糟改成这种款式。去,跳过每条街的排水沟回家,因为没照我定的做,您只能跳回家,先生。我不要这东西。滚!用它做什么,随您便。
凯萨琳娜	我从未见过一件更好式样的裙服,比它更优雅、更讨人喜欢,也更值得夸赞①。也许您想把我弄成一个傀儡。
彼特鲁乔	哎呀,没错,他想把你弄成一个傀儡。
裁缝	她说您想把她弄成一个傀儡。
彼特鲁乔	啊,可憎的傲慢!你胡扯,你这纺线,你这顶针,你这尺码,四分之三码,半码,四分之一码,纳尔②!你这跳蚤,你这虱子卵,你这冬日里的蟋蟀,你!——在自己家里,竟遭一绞棉线挑衅?滚!你这烂布,你这碎布片,

---

① 原文为"I never saw a better-fashioned gown, / More quaint, more pleasing, nor more commendable"。朱生豪译为:"我从来没有见过一件比这更漂亮时髦的女礼服了。"梁实秋译为:"我从未见过一件式样更好的衣服,更美丽,更动人,或是更好看。"

② 纳尔(nail):英国旧长度名称,一纳尔合2.25英寸,即十六分之一码。彼特鲁乔挖苦裁缝只懂得布料、尺码、量体裁衣等裁缝铺的活。

	你这零布头,不然,我要用量尺好好给你量身①!叫你记住,活在世上,别再这样多嘴!我告诉你,老实讲,你把她的裙服弄坏了。
裁缝	阁下弄错了。这件裙服是按我师傅的裁剪说明做的。该怎么做,是格鲁米奥交待的。
格鲁米奥	我给了他布料,没做任何交代。
裁缝	您当时要我怎么做来的?
格鲁米奥	以圣母马利亚起誓,先生,用针和线。
裁缝	您没要我裁剪布料?
格鲁米奥	你镶过不少花边②,——
裁缝	镶过。
格鲁米奥	别吓唬我。你给不少人做过③衣服,没给我做过。我既不怕你吓唬,也不怕你挑衅。我跟你说,我叫你师傅裁剪裙服,但没叫他裁成碎布片。因此④,你瞎说。
裁缝	嘿,这是款式记录凭单。(展示凭单。)
彼特鲁乔	读一下。
格鲁米奥	如果他说我那么说过,那就是凭单躺在喉

---

① 用量尺给你量身(be-mete thee with thy yard):狠狠揍你一顿。
② 镶过不少花边(faced many things):指在布料上弄出许多花样。格鲁米奥下句将此处"镶(边)"(faced),转义为"别吓唬我"(face not me)。朱生豪译为:"你对付过许多顾客。"梁实秋译为:"你在衣料上缝过许多花样。"
③ 做过(braved):另有"藐视""侮辱"之含义,故格鲁米奥接着说"不怕挑衅"。
④ 因此(Ergo):原文为拉丁文。

	咙里①。
裁缝	(读。)"第一：宽松裙服②一件——"
格鲁米奥	主人，我若说过宽松裙服，就把我缝进裙服下摆，拿一轴棕色线打死我。我说一件裙服。
彼特鲁乔	继续。
裁缝	(读。)"带一弧形小披肩——"
格鲁米奥	我承认披肩。
裁缝	(读。)"带一宽而收窄的袖口——"
格鲁米奥	我承认两只袖口。
裁缝	(读。)"袖子要精心剪裁——"
彼特鲁乔	对，这儿坏的事。
格鲁米奥	凭单错了，先生，凭单错了。——我要求把袖子裁下来，再缝上去。——哪怕你小拇指戴上顶针，我也要凭和你决斗来证明。
裁缝	我说的实情。若找个合适地方，我要叫你认账。
格鲁米奥	我这就准备和你决斗。你拿上凭单，量尺给我，别留情！
霍坦西奥	愿上帝怜悯，格鲁米奥！他毫无胜算。
彼特鲁乔	喂，先生，简单说，这件裙服不是给我做的。

---

① 凭单躺在喉咙里（the note lies in's throat）："凭单"与"音符"（note）双关，"躺"与"谎言"（lie）双关，指喉咙里发出的音符，意即纯属瞎扯。

② 宽松裙服（loose-bodies gown）：含性意味，暗指"为淫荡女人（loose woman）设计"。

裁缝　　　　（读。）"第一：宽松裙服一件——"
格鲁米奥　　主人，我若说过宽松裙服，就把我缝进裙服下摆……

格鲁米奥	您说得对,先生,给我女主人做的。
彼特鲁乔	去,拿走,让你师傅用。
格鲁米奥	恶棍,拿命换也不行!拿我女主人的裙服,供你师傅享用[①]!
彼特鲁乔	哎呀,先生,您话里什么含义[②]?
格鲁米奥	啊,先生,含义比您想得更深。拿我女主人的裙服供他师傅享用!啊,呸,呸,呸!
彼特鲁乔	(旁白。)霍坦西奥,说你要付钱给裁缝。——(向裁缝。)拿走。走,别再说了。
霍坦西奥	(旁白,向裁缝。)裁缝,裙服的钱,我明天付给你。他动怒的气话,并非不近人情。走吧!我说,替我问候你师傅。(裁缝下。)
彼特鲁乔	好啦,来,我的凯特。咱们去你父亲家,就穿这些体面的便装。咱们钱袋要鼓,穿着要破旧,因为心灵使身体富足。像太阳冲破最黑暗的云端,荣耀在最卑贱的衣装里展露。怎么,因松鸦羽毛更美,难道它比云雀更珍贵?或者,因蝰蛇皮肤色彩入眼,难道它比鳝鱼更好?啊,不,好凯特,你穿这身破旧、寒酸

[①] 此处在玩文字游戏,彼特鲁乔上句说"拿走"(拿起来;take it up),让裁缝的师傅"(使)用"(use);格鲁米奥这句中的"拿"(take up)暗含"撩起"(pull up)之意,"享用"(use)则指性享受。

[②] 含义(conceit):含性暗示,与"女阴"(con)双关。彼特鲁乔讥讽格鲁米奥:"您脑子里在想性事。"

|||的衣装，并没坏处。你若把这算作耻辱，归咎于我好了。所以，乐起来。咱们这就动身，去你父亲家欢宴、尽情享乐。——(向格鲁米奥。)去，招呼仆人，我们立刻去见他。把马匹牵到"长巷"巷口。——咱们从这儿走过去，在那儿上马，让我看看，现在大概七点，中午之前，我们正好到那儿。
凯萨琳娜 我敢向您保证，先生，现在差不多两点，晚饭时间，也到不了那里。
彼特鲁乔 我要七点，再去骑马。瞧，我说什么，或做什么，或想做什么，您一直跟我作对。——先生们，算了。我今天不去了。动身之前，非得我说几点是几点。
霍坦西奥 (旁白。)哟，这位好汉要给太阳下指令[1]。(众下。)

---

[1] 参见《旧约·约书亚记》10：12—13："上主使以色列人战胜亚摩利人。那一天，约书亚在以色列人面前向上主祷告：太阳啊，停在基遍上空；/月亮啊，停在亚雅伦谷上空。太阳就停住，月亮也不动。"

第四场

帕多瓦,巴普蒂斯塔家门前

(特拉尼奥及学究装扮的文森修上。)

特拉尼奥　　先生,就是这家。我来叫门?

学究　　　　对,还用问? 若没弄错,巴普蒂斯塔先生兴许记得我,约莫二十年前,在热那亚,我们同为"帕伽索斯"①客栈房客。

特拉尼奥　　不错。演好您的角色,无论如何,得有一个父亲应有的严厉。

学究　　　　我向您保证。另外,先生,您的侍童来了。最好演练一下。

(比昂戴洛上。)

---

① "帕伽索斯"(Pegasus):古希腊神话中生有双翼的飞马,马蹄踏过的地方有泉水涌出,诗人饮之可获灵感。传说当英雄珀尔修斯(Perseus)割下蛇发女妖美杜莎(Medusa)的头,从其血泊中跳出一匹双翅飞马帕伽索斯。珀尔修斯骑"飞马"救出仙女安德洛墨达(Andromeda)。后被宙斯踢天上,成为飞马座。此处指带"飞马"标志的酒店客栈。

特拉尼奥	您不必多虑。——小子,比昂戴洛,把本分尽到家,我提示你,设想他是真正的文森修。
比昂戴洛	啧,别担心我。
特拉尼奥	你给巴普蒂斯塔捎了口信?
比昂戴洛	我跟他说,您父亲在威尼斯,您盼着他今天到帕多瓦。
特拉尼奥	真是个棒伙计。拿去喝酒。(递赏钱。)巴普蒂斯塔来了。——(向学究。)先生,装出父亲的样子。

(巴普蒂斯塔与乔装成坎比奥的路森修上。)

特拉尼奥	巴普蒂斯塔先生,幸会巧遇。——(向学究。)父亲,这是我跟您说过的那位绅士。现在祈求您,让自己做个好父亲,把比安卡给我,用我的遗产去换①。
学究	等一下,儿子!——(向巴普蒂斯塔。)先生,请别见怪,为收几笔欠款,来到帕多瓦,我儿子路森修告知我,他和您女儿间有件大事。何况,——因我对您的好名声早有耳闻,因他对您女儿、您女儿对他,互生爱慕,——别让

---

① 原文为"give me Bianca for my patrimony"。遗产(patrimony),即前文提及的"亡夫遗产",以此作为丈夫去世时留给妻子的补偿金。朱生豪译为:"把比安卡嫁给我吧。"梁实秋译为:"您就答应把比安卡嫁给了我吧。"

	他等太久，出于一位好心父亲的关爱，我答应，让他完婚。若您同感之心不比我差，经一番协商，您会发现我准备好了，并极愿凭一牢靠协议①，让她出嫁成婚。我对您素有耳闻，巴普蒂斯塔先生，不会过于挑剔②。
巴普蒂斯塔	先生，请原谅，我话说当面。您的直白、简略深得我意。没错，您儿子路森修爱我女儿，她也爱他，或者说，两人都深藏起情爱。因此，只要您别多言，并能像个父亲一样待他，确保给我女儿一笔充足的亡夫遗产，婚事敲定，一切完成。我同意您儿子娶我女儿。
特拉尼奥	谢谢您，先生。您觉得正式订婚最好在什么地方，使协议成为双方都认可的保证？
巴普蒂斯塔	别在我家里，路森修，您知道，大水罐有双耳③，家里仆人又多。何况，老格雷米奥一

---

① 牢靠协议(one consent)：指对"亡夫遗产"的承诺。此句原文为"upon some agreement / Me shall you find ready and willing / With one consent to have her so bestowed"。朱生豪译为："也很愿意让他早早成婚，了此一笔心事。"梁实秋译为："我是极愿和您商订条件协力办成这门亲事。"

② 意即我会在"亡夫遗产"的问题上慷慨大方，不会缩手缩脚。

③ 大水罐有双耳(Pitchers have ears)：源自谚语，指"大水罐"(pitcher)两旁有耳状提手(ears)，转义指可能有人偷听，与"隔墙有耳"同义。

	直在打探,也许会打断我们。
特拉尼奥	您若乐意,那在我住处。我父亲住①那儿,在那儿,今晚,咱们悄悄办妥此事。派个仆人把您女儿接来。(向路森修眨眼示意。)我的侍童立刻去接公证人②。最糟的是,——按这样轻微的警告,估摸您能吃一顿清淡、稀薄的饭食③。
巴普蒂斯塔	我很愿意。坎比奥,赶快回家,叫比安卡立刻穿戴好。您若乐意,告诉她这里发生的事:——路森修的父亲在帕多瓦,她很快要成为路森修之妻。(下。)
比昂戴洛	我尽全心祈祷众神,让她如愿!
特拉尼奥	别跟众神瞎闹,快走。(比昂戴洛下。)——巴普蒂斯塔先生,我来引路? 欢迎! 估计只能便餐招待您。走,先生,咱们到比萨吃大餐。
巴普蒂斯塔	我跟着您。(特拉尼奥、学究与巴普蒂斯塔下。)

(乔装成坎比奥的路森修与比昂戴洛上。)

---

① 住(lie):与"谎言"(lie)双关,意即我这个父亲是用来骗人的。
② 公证人(scrivener):代为起草法律文书。
③ 原文为"that at so slender warning / You are like to have a thin and slender pittance"。朱生豪译为:"招待不周,要请您多多原谅。"梁实秋译为:"仓卒之间备办筵席恐怕要菲薄一点。"

比昂戴洛	坎比奥，——
路森修	什么事，比昂戴洛？
比昂戴洛	我的主人冲您边眨眼边笑，您看见了？
路森修	那怎样？
比昂戴洛	也没什么。但他让我留在后面，解释他那暗号和暗示的含义或寓意。
路森修	请你解释一下。
比昂戴洛	是这么回事：巴普蒂斯塔稳妥了，正与一个假冒儿子的冒牌父亲交谈。
路森修	那他怎样？
比昂戴洛	他女儿要由您带去吃晚饭。
路森修	然后呢？
比昂戴洛	圣路加教堂的老牧师，随时为您效劳。
路森修	这一切又怎样？
比昂戴洛	我说不清，只知他们在忙一份假冒的担保文书①，向她做出保证，"独享印刷权"②，去教堂！——抓牢牧师、执事和几个诚实可靠的证婚人。
	这若不是您所期盼，我不再多说，

---

① 一份假冒的担保文书（a counterfeit assurance）：指那份给比安卡"亡夫遗产"的担保证明。

② "独享印刷权"（cum privilegio ad imprimendum solum.）：原文为拉丁文，指印在书籍标题页上的权利宣示语，比昂戴洛借此暗指"独享婚姻生育权"。意即您赶快去教堂，以婚姻的形式把您对她的权利合法化。

	但要和比安卡,永久、永久告别。(欲离开。)
路森修	比昂戴洛,听我说好吗?
比昂戴洛	我等不了。我认识一位姑娘,有天下午去花园拿欧芹喂兔子,顺便结了婚。您也能这样,先生。那就,告辞,先生。我主人指派我去圣路加教堂,叫牧师做好准备,迎候您和您的附属品[①]。(下。)
路森修	只要她乐意,我就能,也一定成。她肯定乐意,——那我何必多虑?甭管发生什么,我要直接挑明[②]:坎比奥若得不到她,那真难受[③]。(下。)

[①] 附属品(appendix):代指新娘。
[②] 跟她把话挑明(roundly go about her):含性意味,暗指直接谈结婚及性事。
[③] 那真难受(It shall go hard):"难受"(go hard)含性意味,暗指"勃起"(get erect)。意即我若不能娶比安卡,那就倒霉透顶空欢喜。

第五场

路上

（彼特鲁乔、凯萨琳娜、霍坦西奥与众仆人上。）

彼特鲁乔　　看在上帝分儿上，快走！再去岳父家。仁慈的主，月亮照得那么明亮、耀眼！

凯萨琳娜　　月亮？是太阳！现在哪来的月光。

彼特鲁乔　　我说月亮照得那么明亮。

凯萨琳娜　　分明太阳照得那么耀眼。

彼特鲁乔　　现在，以我母亲的儿子——那是我自己——起誓，没到您父亲家之前，它就是月亮，或星星，或我乐意的什么。——（向众仆人。）去个人，把马都牵回来。——永远作对，作对，死活作对！

霍坦西奥　　（向凯萨琳娜。）顺口随他说，否则，咱们永远去不成。

凯萨琳娜　　既然走出这么远，我祈求，向前，就当它是月亮，或太阳，或您乐意的什么。您若高兴称它灯芯

彼特鲁乔	草,从今以后,我发誓,它对我就是灯芯草。
彼特鲁乔	我说它是月亮。
凯萨琳娜	它分明是月亮。
彼特鲁乔	不,您胡扯。那是神圣的太阳。
凯萨琳娜	那,蒙上帝福佑,它是神圣的太阳。——但当您说它不是,它便不是太阳,月亮盈亏也随您所愿。您给它取什么名,它就是什么,凯萨琳娜也随口叫它什么。
霍坦西奥	(旁白。)彼特鲁乔,打得好。这场仗赢了!
彼特鲁乔	好,进军,进军①!木球该这样向前滚,不可倒霉地滚偏路线②。——嘿,安静!有人来了。

(文森修上。)

彼特鲁乔	(向文森修。)早安,可爱的小姐,您去哪儿?——(向凯萨琳娜。)告诉我,亲爱的凯特,快说实话,您可瞧见过更娇艳的淑女?她双颊上如此红白争艳③!什么星辰闪耀天穹如此美丽,

---

① 此处化用军事术语,霍坦西奥上句说"打得好,这场仗赢了!"(go thy ways, the field is won.)彼特鲁乔在此接话"进军"(forward)。

② 滚偏路线(against the bias):此处化用木球游戏术语,借木球该沿曲线滚向中心球,比喻乘胜前进,驯服凯萨琳娜,不可偏离轨道。

③ 原文为"Such war of white and red within her cheeks"。形容面色红润,白里透红,青春靓丽。朱生豪译为:"她面颊又娇红,又白嫩,相映得多么美丽!"梁实秋译为:"她的颊上是这样美丽的红白相映!"

彼特鲁乔　　（向文森修。）早安,可爱的小姐,您去哪儿？——（向凯萨琳娜。）告诉我,亲爱的凯特,快说实话,您可瞧见过更娇艳的淑女？

	好似她一双眼配上天使般的面庞？——(向文森修。)美丽可爱的少女，再次祝你日安。——(向凯萨琳娜。)亲爱的凯特，因她生得貌美，拥抱她。
霍坦西奥	(旁白。)他把这人当女人，这人非疯不可。
凯萨琳娜	嫩芽萌生的少女，美丽、娇艳、甜美，你去哪里，家住何处？有这么漂亮的孩子，父母多幸运！那个男人更幸运，吉祥的星宿①把你配做他可爱的床伴！
彼特鲁乔	哎呀，怎么了，凯特？希望你没疯。这是个男人，——年老、体皱、凋萎、憔悴——根本不像你说的，是个少女。
凯萨琳娜	请原谅，老人家，太阳晃得我眼花缭乱，我犯错的双眼，一切都看似清新、娇艳。现在看出你是位可敬的长辈，对我疯狂错认，请你，宽恕。
彼特鲁乔	仁慈的老爷爷，请原谅。敢问去哪里。——如果同行，我们要快乐相伴。
文森修	漂亮先生，——还有您，这位风趣的女士，您怪异的问候叫我十分迷惑，我名叫文森修，

---

① 吉祥的星宿(favourable stars)：中世纪时，人们相信每人在星空有一颗决定自己命运的星宿。

|||| 住在比萨,前往帕多瓦,去探望儿子,好久没见啦。

彼特鲁乔　他叫什么名字?

文森修　　路森修,可敬的先生。

彼特鲁乔　幸会巧遇,——因你儿子之故,更为幸运。现在,依凭法律,及可敬的年岁,我可称你一声亲爱的父亲[1]。此时,你儿子已与我这位贤妻的妹妹结婚。别惊讶,别悲伤。她名声好,陪嫁丰厚,出身望族。再说,足以配得上任何高贵绅士。让我拥抱老文森修。我们去看你的实诚的儿子,见你来,他一定充满快乐。

文森修　　这是真的? 还是您给我解闷,像天性快活的旅行者,遇上旅伴,随口开玩笑?

霍坦西奥　我向你保证,老人家,真是这样。

彼特鲁乔　来,一起走,去看真相如何,因我们一开始逗趣,使你多疑。(除霍坦西奥,众下。)

霍坦西奥　好啊,彼特鲁乔,这事我要放心里[2]。
　　　　　　现在去找寡妇! 若她不通情理,
　　　　　　好在你教会霍坦西奥任性无礼。(下。)

---

[1] 亲爱的父亲(loving father):彼特鲁乔要称呼妻子(凯特)妹夫(路森修)的父亲为"亲家爹"。

[2] 这事我要放心里(this has put me in heart):指这件事给我鼓劲。

第五幕

第一场

帕多瓦，路森修家门前

（比昂戴洛、路森修与比安卡自一边上，格雷米奥在台前，站立一旁[1]。）

比昂戴洛　　轻一点，快一些，先生，牧师准备好了。

路森修　　　我在飞，比昂戴洛。但家里可能随时需要你，回去吧。

比昂戴洛　　不，真的，我要目送你们安全进教堂，然后尽快回到主人那里。（路森修、比安卡与比昂戴洛下。）

格雷米奥　　奇怪，这会儿了，坎比奥还没来。

（彼特鲁乔、凯萨琳娜、文森修及众仆从上。）

彼特鲁乔　　先生，就这个门，这是路森修的家。我岳父家更靠近市场。我得去一趟，把您留这儿了，先生。

文森修　　　您没得选，喝杯酒再走，我想我有权在这儿

---

[1] 从剧情看，比昂戴洛与路森修和比安卡悄悄去教堂时，格雷米奥并未看到，抑或没认出路森修本人。

欢迎您。十有八九,酒食就在眼前。(敲门。)
格雷米奥　他们在里面忙着。最好敲响一点儿。

(学究的头自上方探出窗口。)

学究　　　门要敲下来了,谁在敲?
文森修　　路森修先生在家吗,先生?
学究　　　在家,先生,但不能答话。
文森修　　若有人送他一两百镑,用来尽情欢乐呢?
学究　　　一百镑您自己留着。只要我活在世上,他就不缺钱。
彼特鲁乔　不,跟您说过,您儿子在帕多瓦深受喜爱。——听见了吗,先生?——别说没用零碎话,——请您转告路森修先生,他父亲从比萨来,在家门口,有话跟他说。
学究　　　胡扯。他父亲就在帕多瓦,这会儿正探出窗口向外看。
文森修　　你是他父亲?
学究　　　对,先生,我若能信她母亲,这是她说的。
彼特鲁乔　(向文森修。)哟,怎么回事,先生! 咦,您冒名顶替,这是十足的欺诈。
学究　　　拿住这个恶棍。我相信,他假扮我,打算在城里行骗。

(比昂戴洛上。)

比昂戴洛 （旁白。）我眼见他们进了教堂。——愿上帝赐予他们幸运之船！——但这人是谁？我的老主人，文森修！这下我们毁了，一无所获！

文森修 （看见比昂戴洛。）过来，该吊死的捣蛋鬼。

比昂戴洛 希望我能选择①，先生。

文森修 过来，您这无赖。怎么，把我忘了？

比昂戴洛 忘了您？不，先生。岂能忘了您，因为这辈子我从未见过您。

文森修 什么，您这劣迹斑斑的恶棍，从没见过你主人的父亲文森修？

比昂戴洛 什么，我可敬的老主人？哦，以圣母马利亚起誓，先生，看他正往窗外看呐。

文森修 真这样吗？（打比昂戴洛。）

比昂戴洛 救命，救命，救命！这儿有个疯子要杀我。（下。）

学究 救命，儿子！救命，巴普蒂斯塔先生！（自窗口退。）

彼特鲁乔 请您，凯特，咱们站在一旁，看这场争吵的结果。（二人退后。）

(学究自下方上，巴普蒂斯塔、特拉尼奥及众仆人上。)

特拉尼奥 先生，您是什么人，竟敢打我仆人？

---

① 意即您要吊死我的时候，我能选择不被吊死吗？

文森修	我是谁,先生? 不,您是谁,先生? ——啊,永生的众神! 啊,衣着华贵的恶棍! 一件紧身绸上衣! 一条天鹅绒马裤! 一件猩红斗篷! 外加一顶圆锥形高帽! 啊,完蛋,完蛋! 我在家扮演好丈夫①,我儿子和我仆人在大学②里把钱败光。
特拉尼奥	怎么! 出了什么事?
巴普蒂斯塔	喂,这人疯了?
特拉尼奥	先生,看您穿着,像位持重的老绅士,但话里显出您是个疯子。哎呀,先生,哪怕我佩珠宝、戴黄金,关您屁事? 感谢我的好父亲,供得起我。
文森修	你父亲! 啊,恶棍! 他,贝加莫③的一个修帆工。
巴普蒂斯塔	弄错了,先生,您弄错了,先生。请问,您知道他叫什么?
文森修	他叫什么? 好像我说不出他名字。打从三岁起,我把他养大,他叫特拉尼奥。
学究	滚,滚,疯驴! 他叫路森修,我的独生子,我——文森修先生的田产继承人。

---

① 我在家扮演好丈夫(I play the good husband at home.):指我要精简持家。
② 指帕多瓦大学。
③ 贝加莫(Bergamo):意大利北部城市,位于米兰东北约40公里处。

文森修	路森修！啊！他谋杀主人！——拿住他，我以公爵的名义命令你们。——啊，我的儿，我的儿子！——告诉我，你这恶棍，我儿子路森修在哪儿？
特拉尼奥	把官差叫来。

（一仆人引一官差上。）

特拉尼奥	送这个疯无赖进监牢。——巴普蒂斯塔岳父，我要您看他出庭受审。
文森修	送我进监牢！
格雷米奥	等一下，官差，他不该进牢房。
巴普蒂斯塔	别插嘴，格雷米奥先生，我说他该进牢房。
格雷米奥	留神，巴普蒂斯塔先生，免得在这事上受骗。我敢发誓，此人真是文森修。
学究	看你敢发誓。
格雷米奥	不，我不敢。
特拉尼奥	那你最好说，我不是路森修。
格雷米奥	不，我认得你是路森修先生。
巴普蒂斯塔	把这老傻蛋带走！送进监牢！
文森修	外乡人竟这样遭拖拽、受虐待。——啊，妖怪般的恶棍！

（比昂戴洛、路森修与比安卡上。）

比昂戴洛	啊！我们给毁了！——瞧，他在那儿。别认他,遗弃他,否则,咱们全完蛋。
路森修	(跪下。)宽恕我,亲爱的父亲！
文森修	我亲爱的儿子活着？(比昂戴洛、特拉尼奥与学究跑出。)
比安卡	(跪下。)宽恕我,亲爱的父亲。
巴普蒂斯塔	你犯了什么错？——路森修在哪儿？
路森修	路森修在这儿,正牌文森修的正牌儿子。冒牌之人蒙蔽你的双眼时,我娶了你女儿做妻子。
格雷米奥	这是场阴谋,不差分毫,骗了我们大家！
文森修	那个该受诅咒的恶棍特拉尼奥在哪儿？敢在这件事上骗我、顶撞我！
巴普蒂斯塔	哎呀,告诉我,这不是我的坎比奥吗？
比安卡	坎比奥变身[①]路森修。
路森修	爱情锻造出这些奇迹。对比安卡的爱,让我与特拉尼奥换了身份,他在城里冒充我,我终于幸运抵达我渴望的极乐之港[②]。特拉尼奥做的事,是我逼的。亲爱的父

[①] 变身(changed):意大利人名"坎比奥"(Cambio)有"改变"之字义,故与"变身"具双关意。

[②] 原文为"And happily I have arrived at the last / Unto the wished haven of my bliss"。朱生豪译为:"现在我已经美满地达到了我的心愿。"梁实秋译为:"我终于幸运地如愿以偿。"

	亲,为了我,宽恕他。
文森修	这恶棍想把我送进监牢,我要切掉他鼻子。
巴普蒂斯塔	(向路森修。)可您听我说,先生。您没征求我同意,就娶了我女儿?
文森修	别担心,巴普蒂斯塔。我们会满足您,行啦。但我要进去,向这鬼把戏复仇。(下。)
巴普蒂斯塔	我要探查这恶作剧的最深处①。(下。)
路森修	无须面色苍白,比安卡,你父亲不会皱眉头。(路森修与比安卡下。)
格鲁米奥	蛋糕成了面团②;不妨跟大家进去,除了分享一份婚宴,一切希望皆无。(下。)

(彼特鲁乔与凯萨琳娜上前。)

凯萨琳娜	丈夫,咱们跟进去,看这场纷扰的结果。
彼特鲁乔	先吻我,凯特,吻完进去。
凯萨琳娜	什么,在街道中间?
彼特鲁乔	怎么,你替我害羞?
凯萨琳娜	不,先生,上帝不准。亲吻多害羞。
彼特鲁乔	哎呀,那回家。——来,小子,咱们这

---

① 这恶作剧的最深处(the depth of this knavery):指探究底细。
② 蛋糕成了面团(my cake is dough):指我失败了。

	就走。
凯萨琳娜	不,我给你一吻。(吻他。)现在求你,爱人,留下。
彼特鲁乔	这不好吗?——来,我亲爱的凯特。迟来总比不来好,因为永远不嫌晚

---

[1] 原文为"Better once than never, for never too late"。此句为彼特鲁乔将两句谚语合并而成:"迟做总比不做好。"(Better late than never.)"改过从来不嫌晚。"(It is never too late to mend.)

第二场

路森修家中一室

(桌上摆水果、甜点、葡萄酒①。巴普蒂斯塔、文森修、格雷米奥、学究、路森修、比安卡、彼特鲁乔、凯萨琳娜、霍坦西奥与寡妇上,特拉尼奥、比昂戴洛、格鲁米奥及其他随侍上。)

路森修　　终于,虽说时间长久,我们的刺耳音调归于和谐,而今,当激烈的战争结束,要对过去的逃脱和险境露出微笑。我美丽的比安卡,去迎接我父亲,我以同样的亲情欢迎你父亲。彼特鲁乔舅哥,凯萨琳娜姐姐,还有你,霍坦西奥,连同你钟情的寡妇,——以最可口的美食,欢迎来我家。我这些水果甜点,为在我们丰盛的婚宴后,让胃口闭合②。请你们,坐下来。现在咱们边吃、边聊。(众人入座。)

---

① 水果、甜点、葡萄酒(banquet):婚宴已在巴普蒂斯塔家举行,此处banquet应为主餐后的水果、甜点、葡萄酒之类。

② 胃口(stomachs):与"争吵"(quarrels)具双关。意即停止争吵。

彼特鲁乔	只管坐下,吃,坐下,吃!
巴普蒂斯塔	帕多瓦赐予这番美意,彼特鲁乔女婿。
彼特鲁乔	帕多瓦所赐皆美意。
霍坦西奥	为我们两家的缘故,但愿美意是真的。
彼特鲁乔	现在,以我的生命起誓,霍坦西奥怕他那位寡妇。
寡妇	我若害怕,那就别信我①。
彼特鲁乔	您十分敏感,却误会了我的意思。我意思是,霍坦西奥怕您。
寡妇	头晕之人觉得世界在旋转②。
彼特鲁乔	答得直白。
凯萨琳娜	夫人,您这话什么意思?
寡妇	对他,我这样构想③。
彼特鲁乔	让我怀孕!——霍坦西奥喜欢这构想?
霍坦西奥	我的寡妇说,她这样孕育出话题④。
彼特鲁乔	修补得真棒。——好寡妇,为这个构想,吻他一下。

---

① 意即我向您保证,我没什么怕的。

② 寡妇对彼特鲁乔反唇相讥,意即您彼特鲁乔怕老婆。

③ 原文为"Thus I conceive by him"。意即从他自己的情况,我做出这种想象。构想(conceive)另有"怀孕"(conceive)之含义,故彼特鲁乔下句接话"怀孕"。

④ 原文为"thus she conceives her tale"。意即她这样阐明自己的故事。阐明(conceives)亦有"怀孕"(conceive)之含义。"故事"(tale)或具性意味,与"尾巴"(tail)双关,暗指女阴。

凯萨琳娜	"头晕之人觉得世界在旋转。"请您告诉我,这话什么意思。
寡妇	您丈夫,受家中悍妇之苦,拿自己的悲伤,量我丈夫的伤悲。——现在懂我意思了吧。
凯萨琳娜	这意思令人鄙视。
寡妇	鄙视,我在说您。
凯萨琳娜	跟您一比,我真算温和。
彼特鲁乔	攻她①,凯特!
霍坦西奥	攻她,寡妇!
彼特鲁乔	一百马克,我的凯特把她弄倒。②
霍坦西奥	那是我的职责③。
彼特鲁乔	说话像个官差。——敬你一杯,老弟!(向霍坦西奥敬酒。)
巴普蒂斯塔	这些人脑子快,格雷米奥喜欢吗?
格雷米奥	说真的,先生,他们顶牛顶得不赖④。
比安卡	从头,顶到尾! 脑子快的人会说,你们头

---

① 攻她(To her):原指斗鸡中怂恿斗鸡攻击的喊叫,抑或是狩猎中催促猎犬的喊声。

② 表面借斗鸡术语表达"我下注一百马克,我的斗鸡就会打败对手"。此处意即:比起谁更温和,我的凯特无疑战胜寡妇。"马克"(marks):硬币,每枚币值三分之二镑。"把她弄倒"(put her down):含性意味。

③ 含性意味,意即那个角色我来。

④ 顶牛顶得不赖(butt together well):指头与头顶在一起缠斗。顶牛(butt)含性意味。

	顶牛,顶的是犄角①。
文森修	唉,新娘子,把您吵醒了?
比安卡	嗯,倒没吓住我。所以我要接着睡。
彼特鲁乔	不,不能睡。既然您开了头,得开上一两句俏皮的玩笑。
比安卡	难道我是您的鸟? 我要换另一处灌木②。那等您拉满弓来追我③。——欢迎你们都来。(比安卡、凯萨琳娜与寡妇下。)
彼特鲁乔	她先我一步。——嘿,特拉尼奥先生,您没射中④这只鸟,却瞄准过她。因此,为所有射而不中的人,干一杯!(敬酒。)
特拉尼奥	啊,先生,路森修把我当猎狗,放出来奔跑,为主人捕猎。
彼特鲁乔	脑子快,一个恰当比喻,但有点下贱⑤。
特拉尼奥	还是您好,先生,您为自己打猎,听说您那头鹿转身用角抵住您⑥。

---

① 犄角(horn):含性意味,暗指被妻子戴了绿帽子,头上长出犄角的两个男人在缠斗。

② 意即我要飞进另一处灌木丛。灌木(bush):含性意味,暗指阴毛。

③ 意即您若把我当成要捕猎的鸟,等拉满弓搭上箭,来猎杀我。弓(bow):暗指阴茎。

④ 射中(hit):含性意味。

⑤ 意即这个比喻拿狗打比方,显得下贱。

⑥ 原文为"'Tis thought your deer does hold you by a bay"。"鹿"(deer)与"亲爱的"(dear)谐音双关。这句话暗示:听说您那位亲爱的拒绝与您性爱。

巴普蒂斯塔	啊,啊,彼特鲁乔!特拉尼奥这回射中您了。
路森修	好心的特拉尼奥,谢谢你这番嘲弄。
霍坦西奥	坦白,坦白,他射中您了吧?
彼特鲁乔	我承认,有点儿擦伤。但这玩笑从我这儿弹回去,十有八九立刻使两位残疾。
巴普蒂斯塔	现在,说正经的,彼特鲁乔女婿,我想,您真心娶了个十足的悍妇。
彼特鲁乔	嗯,我说不。所以,设个赌,以赌为证,咱们每一位派人去叫妻子,谁的妻子最听话,叫的时候最先来,谁就赢。
霍坦西奥	同意。赌多少?
路森修	二十克朗。
彼特鲁乔	二十克朗!这个数赌我的猎鹰、猎犬还行,但用我妻子打赌,得上翻二十倍。
路森修	那,一百。
霍坦西奥	同意。
彼特鲁乔	一场竞赛!说定了。
霍坦西奥	谁打头阵?
路森修	我来。——去,比昂戴洛,叫您女主人来见我。
比昂戴洛	就去。(下。)
巴普蒂斯塔	女婿,您的赌注,我出一半,比安卡会来。
路森修	不用对半。我自己全出。

（比昂戴洛上。）

路森修　　　怎么样？什么情况？

比昂戴洛　　先生，我女主人捎话给您，她正忙着，来不了。

彼特鲁乔　　怎么！正忙着，来不了！这算一句回话？

格雷米奥　　嗯，还算客气。——祈祷上帝吧，先生，尊夫人的回话怕很糟。

彼特鲁乔　　我希望，好一点。

霍坦西奥　　小子比昂戴洛，去恳求我妻子立刻前来。（比昂戴洛下。）

彼特鲁乔　　啊，嗬！"恳求"她！好，那她一定来。

霍坦西奥　　怕的是，先生，——您尽所能——尊夫人也恳求不来。

（比昂戴洛上。）

霍坦西奥　　喂，我妻子在哪儿？

比昂戴洛　　她说您开什么玩笑。她不愿来。叫您去她那儿。

彼特鲁乔　　越来越糟！"她不愿来"！啊，可恨，过分，无法容忍！——小子，格鲁米奥，去见您女主人，说，我命令她来见我。（下。）

霍坦西奥　　我知道她的回话。

彼特鲁乔　　怎么回？

霍坦西奥　　来不了。

彼特鲁乔　　　那算我走厄运,仅此而已。

(凯萨琳娜上。)

巴普蒂斯塔　　哟,以圣母的名义起誓,凯萨琳娜来了!
凯萨琳娜　　　丈夫,您派人叫我,有何吩咐?
彼特鲁乔　　　您妹妹和霍坦西奥的妻子在哪儿?
凯萨琳娜　　　她们在客厅炉火旁坐着闲聊。
彼特鲁乔　　　去,叫她们来。若拒不前来,给我使劲鞭打,把她们打到各自丈夫面前。去,我说,立刻带她们来。(凯萨琳娜下。)
路森修　　　　要说奇迹,这是个奇迹。
霍坦西奥　　　果真如此,不知什么兆头。
彼特鲁乔　　　以圣母马利亚起誓,它预示和平、爱情和宁静的生活,可敬的威权与公正的霸权,简单说,一切甜美、幸福。
巴普蒂斯塔　　此刻,好运降临,仁慈的彼特鲁乔!你赢下赌注,除了他们输的,我外加两万克朗,权当给另一个女儿①的亡夫遗产,因为她变了样,这样子前所未见。
彼特鲁乔　　　不,我还要更好赢下这笔赌注,让她更多展示顺从,她那新养成的顺从美德。

---

① 另一个女儿(another daughter):在巴普蒂斯塔眼里,凯萨琳娜完全改变,所以,他甘愿外加一份"亡夫遗产",当作给另一个女儿。

凯萨琳娜　　丈夫，您派人叫我，有何吩咐？

(凯萨琳娜引比安卡和寡妇上。)

彼特鲁乔　看,她来了,凭女人特有的说服力,把你们任性的妻子,当成囚徒带来。——凯萨琳娜,那顶帽子配不上您。摘掉那小玩意,扔脚底下。(凯萨琳娜脱帽,扔在脚下。)

寡妇　主啊！让我永没有理由叹息,直至被带入这般愚蠢境遇！

比安卡　呸！真蠢,您管这叫顺从？

路森修　愿您的顺从,也蠢得这么可爱。您那聪明的顺从,美丽的比安卡,晚饭后使我失掉五千克朗。

比安卡　赌我是否顺从,更是蠢蛋。

彼特鲁乔　凯萨琳娜,我命你,告诉这两个任性的女人,该对自己的丈夫、主人,尽什么责任。

寡妇　行啦,行啦,您在逗笑。我们不想听。

彼特鲁乔　来吧,我说,从她说起。

寡妇　别让她说。

彼特鲁乔　我要她说,——从她说起。

凯萨琳娜　(向寡妇。)呸,呸！解开那凶狠吓人的眉头,别从双眼里瞥出嘲弄的目光,去伤害你的丈夫,你的国王,你的主宰。它玷污你的美丽,像霜冻噬咬草地;毁坏你的名声,像旋风摇落美丽的花蕾;一无可取,不妥当,也不可爱。一个动怒的女人,像一池搅动的泉水,浑浊、丑陋、黏稠,丧失美丽。到如此情形,没一个嘴干或口渴之人,哪怕附身抿一小口,或触碰一滴水。你的丈夫,就是你的主人,你的生命,你的保护人,你的头,你的君主。他关心你,为供养你,在海上和陆地,投身繁重的劳作,在暴风雨和寒冷中守夜、度日,而你,暖和地待在家里,牢固、安全。除了爱、美丽容貌和真心顺从,他并不渴求你手边的贡品。——欠债巨大,回报太少!一个女人之顺从丈夫,犹如臣民顺从帝王。她一旦任性、固执、乖戾、阴郁,对他贤德的意愿不顺从,那对于敬爱的主人,她不就是一个可耻争斗的叛逆和罪恶的反贼吗?——我很惭愧,女人如此愚蠢,在理应跪求和平的地方挑起战争,或本该服侍、敬爱和顺从之时,寻求统治、霸权与主权。我们的身体为何温软、柔弱、光滑,不适于在世间辛勤、劳苦[①],岂非皆因我们温软的特性和内心,本该与体外各部分完全相符?——(向众女人。)

---

① 参见《新约·彼得前书》3:7:"作丈夫的,你们跟妻子一同生活,也该体贴她们在性别上比较软弱。"

　　　　　　　得啦,得啦,你们这些任性、无能的可怜虫!
　　　　　　我的心灵曾和你们的一样傲慢,我的勇气一
　　　　　　样强大,我的理由或许更多,以斗嘴换斗嘴、
　　　　　　以怒容换怒容①。但我现在看出,我们的长
　　　　　　矛只是稻草,我们的体力如稻草般柔弱,我
　　　　　　们之弱,弱到无可比拟,——貌似最强,实则
　　　　　　最弱。
　　　　　　　所以降下胃气②,因为它没用,
　　　　　　　把你们双手放在自己丈夫脚下。
　　　　　　　为表示这种顺从,只要他高兴,
　　　　　　　我的手已准备好,愿给他快乐。
彼特鲁乔　啊,这才是女人!——来,吻我,凯特。(二人亲吻。)
路森修　　唔,好样的,老兄,你赢了③。
文森修　　孩子们顺从,这话听着顺耳。
路森修　　但女人们任性,听着真刺耳。
彼特鲁乔　来,凯特,我们去睡觉。——
　　　　　咱们三个结婚,你们两个完蛋④。(向路森修。)

---

　　① 原文为"To bandy word for word and frown for frown"。意即与男人针尖对麦芒,互不相让。
　　② 降下胃气(vail your stomach):中古欧洲人认为胃是人的勇气之源。意即放下你们的傲气。
　　③ 意即你赢了我们所有人的赌注。
　　④ 意即你们两人打赌输了钱。

你射中靶心①，我却赢了赌注。

作为赢家，愿上帝赐各位晚安！(与凯萨琳娜下。)

霍坦西奥　现在，完事啦。你将坏脾气悍妇驯服。

路森修　莫见怪，她能如此驯顺，真是个奇迹。(众下。)

（全剧终）

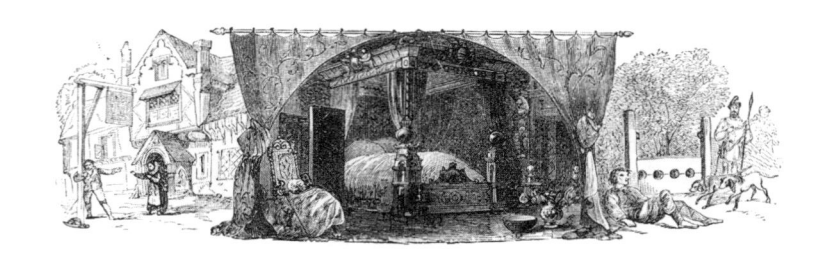

---

① 靶心(white)：箭靶中心涂成白色(white)，故以"white"代指靶心，另具双关意，在意大利语中，"比安卡"(Bianca)的名字有"白"之义。

《驯悍记》：
"一部诙谐愉快的喜剧"

傅光明

《驯悍记》是莎士比亚早期喜剧，据信写于1590年至1592年之间。在第一幕正剧开始前，先有两场通常称之为"诱导"的"序幕戏"：喜欢搞恶作剧的贵族骗一个喝醉酒的补锅匠克里斯托弗·斯莱，让他深信自己是一位"强大的领主"。贵族分派角色，教仆人如何伺候他，命"众演员"在自家一间事先装饰好的卧室，为他上演骗人的"活报剧"。这种剧情框架在莎剧中极为罕见。

五幕正戏主要剧情描述彼特鲁乔向任性、固执的"悍妇"（未婚少女叫"野蛮女友"也许更合适）凯萨琳娜求婚。起初，凯萨琳娜极不情愿。婚后，彼特鲁乔通过不许吃、喝、睡觉等精神和身体上的折磨，对她加以"驯服"（相当于今天所说的"调教"），终使她成为一个乖顺听话的新娘。次要剧情写向凯萨琳娜妹妹比安卡求婚的三位追求者之间如何戏剧化竞争，比安卡被视为"理想"女性。这部戏是否对女性构成歧视，时至今日，早已成为一个极具争议的话题。

《驯悍记》多次被改编成舞台剧、电影、歌剧、芭蕾舞剧和音乐剧，最著名的改编或是科尔·波特（Cole Porter）的《吻我，凯特，麦克林托克！》（旧译《铁汉雌虎》Kiss Me, Kate, McLintoch!），这部 1963 年摄制的美国西部喜剧电影，由约翰·韦恩（John Wayne）和莫林·奥哈拉（Maureen O'Hara）主演，以及 1967 年由伊丽莎白·泰勒（Elizabeth Taylor）和理查德·伯顿（Richare Burton）主演的这部戏剧电影。1999 年的高中喜剧电影《我恨你的十件事》（10 Things I Hate About You）和 2003 年的浪漫喜剧《从夏娃手里解救我们》（Deliver Us from Eva）也大致由该剧取材。

一、写作时间和剧作版本

1. 写作时间

由于难以确定莎士比亚这部《驯悍记》（The Taming of the Shrew），与伊丽莎白时代另一部名为《一段诙谐愉快的故事，名为驯悍记》（A Pleasant Conceited Historie, called The Taming of a Shrew）的戏之间存在何种关联，使确定该剧的创作年代变得复杂。为区分这两部极易弄混的剧，下文将前者"The Shrew"保持莎剧原名《驯悍记》，将后者"A Shrew"称为《驯妻记》。

《驯悍记》与《驯妻记》情节几乎相同，但用词有所不同，角色名字除了凯萨琳娜，皆不相同；因此，两者的确切关系实难厘清。梁实秋在其《驯悍妇·序》中指出："这部戏很短，不到一千四百行。版本凌乱,种种迹象显示其为未经授权的出版物。这不是莎士比亚的作品,可是与莎士比亚的《驯悍记》有密切关系……究竟是莎士比亚根据 A Shrew 加以改编而成为《驯悍妇》呢,还是 A Shrew 根本乃是《驯悍妇》的盗印本呢?两者皆有可能。改编旧戏原是莎士比亚的惯技,同时盗印本行世也是当时常有的现象。这是一个争辩很久的问题……假如 A Shrew 是盗印本,那么莎士比亚的《驯悍妇》便是作于1594年5月之前。假如莎士比亚的剧本在后,那么除了文体作风之外我们便没有任何内证或外证足以帮助我们认定其著作年代。就文体作风而论,诗句僵硬,双关语特多,均表示其为早年作品,大约与《维罗纳二绅士》或《错中错》属于同一时期之产物。《驯悍妇》一剧全剧文笔并不匀称,有些对话非常精彩,有些又非常粗陋,因此有人疑心可能于莎士比亚之外另有作者共同写作。"①

现在一般认为,《驯妻记》可能是《驯悍记》一次演出的抄录文稿或戏剧文本的一份早期抄录草稿,或一个改编本,但无论哪种,均由《驯悍记》派生出来。换言之,《驯妻记》是源出《驯悍记》的劣质抄本,1594年5月2日,这个抄本由出版印刷商彼得·肖特(Peter Short)在"书业公会"登记入册,名为"一段称之驯悍记的诙谐愉快的故事"("A Plesant Conceyted Historie Called the Tamyinge of a Shrowe")。此即很快出版的劣质"四开本"。然而,这表明,甭管"驯妻""驯悍"两部戏有何关联,《驯悍记》一定写成于莎士比亚开始写戏的1590年到1594年(《驯妻记》登记)之间。

---

① 《驯悍妇·序》,《莎士比亚全集》(第三集)梁实秋译,中国广播电视出版社,1995年,第106—107页。引文中之《错中错》,即《错误的喜剧》(*The Comedy of Errors*)。

另一有力证据,来自剧院经理菲利普·亨斯洛(Philip Henslowe,？—1616)那本记录当时全伦敦剧场情形的著名日记,其中记录:1594年6月11日,一部名为"驯悍记"(*The Tamyng of A Shrowe*)的戏在"纽文顿靶场剧场"(Newington Butts theatre)上演。但亨斯洛并未说这是一部"新"戏。除此之外,同年,"海军上将大臣供奉剧团"(Lord Admiral's Men)与新成立的"宫务大臣供奉剧团"(Lord Chamberlain's Men)联手在"纽文顿"剧场合演过这部戏。"宫务大臣剧团"正是莎士比亚1594与之签约,成为其股东兼编剧的剧团。

有些作家提出,该剧写作时间可进一步前移。理由是,《驯妻记》的完稿日期可能在1592年8月,剧中有一条涉及"西蒙"的舞台提示,这个"西蒙"可能是1592年8月21日下葬的演员西蒙·朱厄尔(Simon Jewell)。

此外,《驯悍记》的写作时间似乎早于1593年的又一证据是,诗人兼小册子作者安东尼·邱特(Anthony Chute)在其于1593年6月出版的《蒙羞之美,以肖尔之妻名义所写》(*Beauty Dishonoured, written under the title of Shore's wife*)书中,有这样一句话:"他叫了凯特,她非来吻他不可。"因《驯妻记》里没有相应的"吻戏"场景,这指的肯定是《驯悍记》。而且,《驯悍记》与1592年6月10日在"玫瑰剧场"首演的匿名剧《认识无赖的一个窍门》(*A Knack to Know A Knave*),两者在语言上有相似处。《窍门》剧中有几段台词为《驯悍记》和《驯妻记》共有,却也单从《驯悍记》借用了几段。这表明,《驯悍记》上演时间早于1592年6月。

1982年"牛津版"《莎士比亚全集·驯悍记》编者H.J.奥利弗,

以《驯妻记》标题页为依据指出,《驯悍记》的写作时间不迟于1592年。标题页提到,这部剧曾由"彭布罗克仆人剧团"(Pembroke's Men)"多次"演出。1592年6月23日,伦敦的剧院因瘟疫爆发关闭,"彭布罗克剧团"在巴斯(Bath)和勒德洛(Ludlow)两个地区巡演。这次旅行商演以失败告终,剧团9月28日回到伦敦时,经济上已不堪重负。在接下来的三年里,四部在标题页上印有剧名的戏出版:克里斯托弗·马洛(Christopher Marlowe, 1564—1593)的《爱德华二世》(*Edward II*;1593年7月出版,四开本)、莎士比亚的《泰特斯·安德洛尼克斯》(*Titus Andronicus*;1594年出版,四开本)、《约克公爵理查的真实悲剧》(*The True Tragedy of Richard Duke of York*;1595年出版,八开本)和《驯悍记》(*The Taming of a Shrew*;1594年5月出版,四开本)。奥利弗说,人们"自然推想",这些出版物均由巡演失败导致破产的"彭布罗克剧团"出售。他认为《驯妻记》是《驯悍记》的一个抄录本,这意味着剧团在6月开始巡演时,《驯悍记》在剧目中,等剧团9月回到伦敦便没再上演,也未获取任何当时的新素材。

安·汤普森在其所编1984年和2003年"新剑桥版"《莎士比亚全集·驯悍记》导论中认为,《驯妻记》是个抄录本。她关注到1592年6月23日伦敦的剧院关闭,认为《驯悍记》一定写于1592年6月之前,而后才有《驯妻记》。她为这一观点引出三条证据:①《驯妻记》中提到"西蒙"。②安东尼·邱特的《蒙羞之美》暗指《驯悍记》。③《驯悍记》与《认识无赖的一个窍门》两者语言上的相似性。斯蒂芬·罗伊·米勒(Stephen Roy Miller)在其为1998年"新剑桥版"《莎士比亚全集》编《驯妻记》的导论中,认同《驯悍记》的写作时间为1591年末到1592年初,因为他深信《驯悍记》早于《驯妻记》(尽管在他眼里,后者不是"抄录本",而是改编本)。加里·泰勒(Gary Taylor)在《威廉·莎士比亚:文本指南》(*William Shakespeare: A Textual Companion*)一书中认为,该剧写作时间大约在1590—1591,他提到有许多学者引述相同的证据,但同时承认,准确的写作时间很难确定。

然而,凯伊尔·伊拉姆(Keir Elam)为《驯悍记》设定的写作起始时间是1591年,这一说法基于莎士比亚可能使用过那年出版的两个素材来源:(比利时)巴拉班特制图师、地理学家亚伯拉罕·奥特利乌斯(Abraham Ortelius,1527—1598)在第四版《世界剧场》(*Theatrum Orbis Terrarum*)中的意大利地图;诗人、作家、翻译家约翰·弗洛里奥(John Florio,1552—1625)介绍意大利语言、文化的《第二果实》(*Second Fruits*)书中的戏剧对白。首先,莎士比亚误把帕多瓦放在伦巴第地区(Lombardy)而非威尼托(Veneto)地区,可能因为他使用了奥特利乌斯的意大利地图作为素材来源,奥特利乌斯将整个意大利北部称为"伦巴第"。其次,伊拉姆认为,莎士比亚的一些意大利习语和戏剧对白源自弗洛里奥的《第二果实》。伊拉姆认为,路森修第一幕第一场的开场白,"特拉尼奥,我早有宏愿,/要看美丽的帕多瓦,艺术的苗圃,/如今我来到丰饶的伦巴第,/伟大的意大利快乐的花园(The pleasant garden of great Italy.)。"是莎士比亚借用弗洛里奥的一个例证。在书中,刚刚抵达意大利北部的彼得和斯蒂芬对话:彼得说"我打算待上一阵子,观看伦巴第美丽的城市"。斯蒂芬回应"伦巴第是世界的花园(Lombardy is the garden of the world)"。

按伊拉姆的观点,《驯悍记》完稿时间一定不早于1591年,应在1591—1592年之间。

2. 剧作版本

1594年,彼得·肖特(Peter Short)为卡斯伯特·伯比(Cuthbert Burbie)印制《驯妻记》四开本,标题页上印有:"一段诙谐愉快的历史,名为驯悍(妻)记。由尊敬的彭布罗克伯爵仆人剧团多次上演。在伦敦,由彼得·肖特印制,由卡斯伯特·伯比在其'皇家交易所'旁的商店出售。1594。"

该文本1596年再版,仍由肖特为伯比印制。1607年,印刷商瓦伦丁·西梅斯(Valentine Simmes, 1585—1622)为尼古拉斯·林(Nicholas Ling)重印《驯妻记》。而在1623年第一对开本出版之前,《驯悍记》从未出版。唯一的四开本《驯悍记》是出版印刷商威廉·斯坦斯比(William Stansby, 1572—1638)在1631年为约翰·斯梅斯威克(John Smethwick)印刷的《一部诙谐愉快、称之驯悍记的喜剧》(*A Wittie and Pleasant Comedie Called the Taming of the Shrew*),此本由"第一对开本"改编而来。20世纪莎学家沃尔特·威尔逊·格雷格爵士(Sir Walter Wilson Greg, 1875—1959)研究证实,就印制权之目的而言,《驯妻记》与《驯悍记》被视为同一文本,即一方印制权构成另一方印制权,当斯梅斯威克1609年从尼古拉斯·林手中购得第一对开本中的《驯悍记》印制权时,尼古拉斯·林实际上转让的是《驯妻记》,而非《驯悍记》。

一句话,收入"第一对开本"中的《驯悍记》,是唯一具有权威性的初版本。

二、"原型故事"

在剧情上,《驯悍记》由三个故事构成:第一个故事是序幕两场可简称为"诱导"的戏;第二个故事即以剧情为主线,彼特鲁乔如何把"悍妇"凯萨琳娜驯服成一个乖顺听话的妻子;第三个故事,是机智的仆人特拉尼奥帮助主人路森修与凯萨琳娜的妹妹比安卡终成眷属。

这三个故事是从莎士比亚大脑里原创编出来的吗?当然不是!都是他从别处嫁接来的。在此只讲头两个故事。

先看第一个故事。

尽管正剧之前序幕两场戏并没有直接素材来源,但醉酒后的平民补锅匠克里斯托弗·斯莱被人抬进贵族卧房,待他一觉醒来,见有几名仆人精心侍候,便脑子发晕,分不清这是在演戏捉弄他,竟认为自己真是贵族。这类故事在许多文学传统中都不难找见,阿拉伯民间故事集《天方夜谭》(*Arabian Nights*)里写有"睡者醒来"的故事:哈伦·拉希德(Harun al-Rashid)出外打猎,见酒馆前睡着一个酩酊醉酒的乡人,命人把他抬到一绅士家中,换上漂亮衣服。等他醒来,看到眼前一切,乡人真以为自己是个货真价实的绅士。

或许,莎士比亚的"诱导"戏并未借助任何"原型故事",因为,沃里克郡的乡村氛围,狩猎的贵族,喝醉酒的补锅匠和麦芽啤酒店的胖老板娘,都源于他自己年轻时的亲身经历,是否真上演过情色戏码,未可知。

耐人寻味的是,《驯悍记》里的这个斯莱在序幕戏结束之后,只在第一幕第一场最后说了两句串场词,便没再上场;而在《驯妻记》里,斯莱从头至尾贯穿五幕正戏,并不时在其他角色表演时插科打诨,最典型莫过于在剧终结尾处,舞台提示为"二人抬斯莱穿原来的衣服上,放在发现他的地方,然后退去。(麦芽啤酒店)伙计上。",以下为二人对白:

伙计　　眼下黑夜过去,天空展现清朗的黎明,我要赶快出去。稍等,这是谁?啊,斯莱!奇怪,他在这儿躺了一夜?——叫醒他,我想,他肚子里若没填满酒,一定饿得要命。——喂,斯莱,快醒醒。

斯莱　　再给我点儿酒。演员们去哪儿了?我不是一个贵族吗?

伙计　　什么贵族!起来,还酒醉呢?

斯莱　　你是谁?伙计,啊,天呐,我昨夜做了场你从没听说过的最美的梦。

伙计　　是吗?但要是不回家,你老婆非骂你在这儿做梦不可。

斯莱　　会吗?我现在学会了怎么驯悍妇。我整宿梦见这件事,你却把我从向来没做过的美梦里弄醒,好在,如果现在回到家,老婆要是激怒我,我要驯服她。

伙计　　慢点儿,斯莱,我陪你回家,我要听你多讲昨夜的梦。(同下。)

由此，自然可做出这一解释：《驯妻记》文本在先，《驯悍记》修改在后，修改时将一些诸如以上这类对白删除。但从结构来看两场序幕戏和五幕正戏之衔接，显然《驯妻记》更合理，因为五幕正戏恰是贵族请来的戏班子演给斯莱看的"故事"，序幕戏第二场结尾处，为一信差上场：

信差　演员们听说阁下您康复，来给您演一出欢乐喜剧。医生们说这很适宜，因为太多悲伤使您血液凝固，忧郁是狂乱的奶妈。因此，他们认为听戏对您有好处，能让您开心快乐，能阻止千次伤害，延长寿命。

斯莱　以圣母马利亚起誓，我要看。让他们演吧。"喜跳"是不是一种圣诞节蹦呀跳呀或翻跟头的把戏？

侍童　不，我高贵的主人，比那玩意儿更开心。

斯莱　怎么，演家里的零碎事儿？

侍童　演个故事。

斯莱　好，咱们看戏。——来，老婆夫人，挨着我坐，(各自坐下。)让世界悄然流逝，我们不再年轻。(喇叭奏花腔。)

不难判定，尽管这五幕是演给斯莱看的好戏，在表演过程中斯莱偶有插话，但将斯莱与伙计终场前这段对白剔除，对结构的完整性是有影响的。

另一则故事，见于荷兰历史学家彭托斯·德·亨特（Pontus

de Huyter)1584年出版的《勃艮第人德·雷布斯》(*De Rubes Burgundicis*),描写勃艮第公爵菲利普在葡萄牙参加完妹妹的婚礼,发现一个醉酒"工匠"(artisan),随即用一场"愉快的喜剧"(pleasant Comedie)款待了他。由此,不妨做出两个合理推测:第一,《天方夜谭》18世纪才译成英文,但擅于随手从别处借故事为己用的莎士比亚,很可能早已从人们口耳相传中得知;第二,荷兰文的《德·雷布斯》1600年译成法文,并直到1607年才有英译本,但有证据表明,这个故事在诗人、剧作家理查德·爱德华兹(Richard Edwardes,1525—1566)死后四年出版的一本后来失传的"笑话集"(Jest Book)中,有英文本。莎士比亚应该不会放过。

再看第二个故事——"彼特鲁乔与凯萨琳娜的故事"。

这个故事并无一个特定来源,或有多种可能性。这类叙事的基本元素出现在西班牙中世纪作家唐·胡安·曼努埃尔(Don Juan Manuel,1282—1348)1335年所写《卢卡诺伯爵和帕特罗尼奥的实例书》(*Libro de los ejemplos del conde Lucanor y de Patronio*)中。1575年,该书以《卢卡诺伯爵的故事》(*Tales of Count Lucanor*)之名在塞维利亚(Seville)首印;1642年在马德里(Madrid)再版。书中第四十四个故事讲述一年轻男子娶了个"身强力壮、脾气暴躁的女人"(very strong and fiery woman)。到16世纪,这篇故事已有英文文本,但没有证据证明它引起过莎士比亚的注意。诚然,一个男人驯服一个固执任性的女人,这种故事广为人知,在许多传统故事中都有发现。例如,在诗人杰弗里·乔叟(Geoffrey Chaucer,1340—1400)著名的《坎特伯雷故事集》(*The Canterbury Tales*)《磨坊主的故事》(*The Miller's Tale*)中,木匠诺亚（Noah）的妻子正是这种女人（"你还没听说，"尼古拉斯问，"诺亚和他的朋友们为把她弄上船所经受的痛苦？"[《磨坊主的故事》]），以这种方式描绘她，在中世纪"神秘剧"（mystery plays）里很常见。

在历史上，相传古希腊哲学家苏格拉底之妻赞西佩是最为人所知的这种性情的女人，固执任性，凶悍无比。剧中第一幕第二场，彼特鲁乔特意向霍坦西奥提及这位知名的远古悍妇："霍坦西奥先生，你我之间的交情，几句话足矣。因此，如果你认识哪个有钱女子，钱多得能做我老婆，——因为财富是我求婚舞的副歌——哪怕她像弗洛伦提乌斯所爱之人一样丑，像西比尔一样老，像苏格拉底的赞西佩一样凶悍、爱吵架，甚至更凶，也无法影响我，至少，消不掉我体内情感的锋芒，哪怕她粗暴得像汹涌的亚得里亚海。"事实上，无论在莎士比亚之前，抑或其当时代的通俗闹剧及民间传说中，这类角色贯穿整个中世纪文学。

1890年，阿尔弗雷德·托尔曼（Alfred Tolman）推测，剧中第五幕第二场彼特鲁乔在婚宴后与几位伙伴"打赌"，看谁的妻子最听话那场戏，其素材来源可能出自英国商人、外交官作家威廉·卡克斯顿（William Caxton，1422—1491）1484年翻译的安茹公国贵族杰弗里四世德·拉·图尔·兰德里（Geoffrey IV de la Tour Landry，1330—1402）1372年所著《兰德里高塔骑士写给女儿们的教学书》（*Livre pour l'enseignement de ses filles du Chevalier de La Tour Landry*）的英译本《高塔骑士之书》（*The Book of the Knight of the Tower*）。该书是写给女儿们的，意在教她们行为上如何得体，其中包括一篇《女性家庭教育论》（*A treatise on the do-*

mestic education of women），里面记载这样一件逸事：三个商人打赌，要以此见证，看谁的妻子在被要求跳进一盆水里时最顺从。在这段插曲中，头两位商人的妻子拒绝服从（与剧中情形类同），最后以一场婚宴结束（与剧中情形一样），一段丈夫管教妻子"正确"方法的演讲堪称其特色。1959年，约翰·W.施罗德推测，德·拉·图尔·兰德里所写波斯瓦实提王后（Queen Vastis）的故事，可能对莎士比亚也有影响。其实，比起兰德里笔下波斯王后的故事，莎士比亚对《旧约·以斯帖记》里"瓦实提王后被废"的故事更为熟悉。

　　1964年，理查德·霍斯利提出，一首当时流行的"快乐笑话，一个凶悍、坏脾气的妻子，因其好品行，裹在莫雷尔的皮里。"（A merry jeste of a shrewde and curst wyfe, lapped in Morrelles Skin, for her good behauyour.）的民谣，或是该剧主要来源之一。这首"快乐笑话"讲述一段丈夫必须驯服任性妻子的婚姻故事。故事与《驯悍记》剧情一样，一户人家有姐妹俩，温柔的小女儿人见人爱。不过，姐姐的固执并非出于天性，而因她由凶悍的母亲养大，习惯操控男人。最后，这对夫妻回到家里，已被丈夫驯服的姐姐，教导妹妹做顺从妻子的好处。然而，这首民谣比莎剧更注重身体驯服，在民谣中，泼妇被桦树棍打得浑身流血，随后裹在由一匹名为莫雷尔（Morrelles）的耕马腌制的咸肉里。

　　1966年，美国学者、民俗学家简·哈罗德·布朗凡德（Jan Harold Brunvand）认为，该剧的主要素材并非源自文学，而源自口述民间故事，"彼特鲁乔与凯萨琳娜的故事"堪称"阿尔奈-汤普森分类系统"（Aarne－Thompson classification system）中"901型"，即"悍妇驯服情结"(Shrew-taming Complex)的范例。学术上对"901型"的界定是,该型是一种独立存在的传统故事,可作为一个完整叙事来讲述,其意义不依凭其他任何故事。它可能刚巧与另一个故事一起讲述,但它可以单独讲述,这一事实印证了它的独立性。它可能只包含一个或多个母题。通过研究,布朗凡德发现有三百八十三个"901型"口述例证,分布在三十多个欧洲国家,但文学例证,他只找到三十五个,这使他得出结论:"莎剧中的驯服剧情,一直不能完整地成功追溯到任何已知的印行文本,最终必定来自口述传统。"

1890年,阿尔弗雷德·托尔曼首次确认该剧次要情节源自意大利诗人卢多维科·阿里奥斯托(Ludovico Ariosto,1474—1533)的诗剧《我的假设》(I Suppositi)。这部戏1509年在费拉拉(Ferrara)首演,十年后在梵蒂冈(Vatican)演出;1524年在罗马出版散体剧作;1551年在威尼斯(Venice)出版诗剧文本。英国诗人乔治·加斯科(George Gascoigne,1535—1577)的散文体英译《假设》1566年完稿,1573年印行。在《我的假设》剧中,埃洛斯特拉托(Erostrato;对应《驯悍记》中的路森修)爱上达蒙(Damon;巴普蒂斯塔)之女波莉妮西塔(Polynesta;对应比安卡)。埃洛斯特拉托乔装成仆人杜利波(Dulipo;对应特拉尼奥),杜利波本人则假扮成埃洛斯特拉托。做完这些,埃洛斯特拉托受雇成为波莉妮西塔的家庭教师。与此同时,杜利波假装正式向波莉妮西塔求爱,以挫败年老的克林德(Cleander;对应格雷米奥)向波莉妮西塔求爱。杜利波出价高于克林德,但其承诺远超能力所及,于是,他和埃洛斯特拉托欺骗了一个从锡耶纳(Siena)来当地旅行的绅士,假扮埃洛斯特拉托的父亲菲洛加诺(Philogano;对应文森修)。然而,当波莉妮西塔发现自己怀孕后,达蒙将杜利波囚禁起来,而埃洛斯特拉托才是腹中胎儿真正父亲。此后不久,真正的菲洛加诺来了,一切到了紧要关头。埃洛斯特拉托说出自己的真实身份,乞求宽恕杜利波。达蒙意识到波莉妮西塔与埃洛斯特拉托真心相爱,因而原谅了他搞的花招。出狱后,杜利波发现自己是克林德的儿子。

剧情另一次要情节,源于古罗马戏剧家普劳图斯(Plautus,公元前254—公元前184)的喜剧《莫斯塔利亚》(*Mostellaria*),剧名从拉丁语翻译过来,为"鬼屋"之意。故事发生在雅典城内西奥普罗普提斯(Theopropides)和西摩(Simo)家门前一条街道上。《驯悍记》中"特拉尼奥"(Tranio)和"格鲁米奥"(Grumio)这两个人名,可能是莎士比亚从《莫斯塔利亚》中提取而来。

三、驯悍妻——男权意淫下的幻梦妄想?

1. 五幕大戏"驯妻记"是序幕小戏"诱导"里的"戏中戏"

帕多瓦富绅巴普蒂斯塔有两个漂亮女儿:长女凯萨琳娜脾气凶悍,人称"悍妇",无人敢上门提亲;小女比安卡聪慧地将女性意识觉醒的自我追求藏在乖巧外表里,求婚者众多。父亲更偏爱小女,小妹亦由此遭大姐嫉妒,但父爱方式偏于专断。老父发布"禁令":"不先把大女儿嫁掉,小女儿谁也不许嫁。嫁完大的,小的自由;大的不嫁,小的免谈。"如此,小女儿的求爱者一律被拒之门外。钟情比安卡的求爱者,各自盘算如何乔装成家庭教师,混入巴普蒂斯塔家求婚。彼特鲁乔,来自维罗纳、发誓要凭结婚发财的婚龄青年,以其想法和行为上特有的逆向凶悍方式,不仅神速迎娶凯萨琳娜,更拿爱情为旗,以除殴打之外一切"以悍制悍"的手段,诸如不许吃、不许睡、不许丝毫有违丈夫意志,终将"悍妇"驯得服帖。最后,乖妻凯特当众宣讲起堪称欧洲中世纪版的"女儿经"——"一个女人之顺从丈夫,犹如臣民顺从帝王"。

诚然,这一欧版"女儿经"脱胎于《圣经》。仅举几例,《旧约·创世记》3:16载:亚当、夏娃违反上帝之命犯下原罪之后,上帝对夏娃说:"你必恋慕你的丈夫,你丈夫必管辖你。"《新约·彼得前书》3:1载:"做妻子的,你们应顺从自己的丈夫。"《哥林多前书》11:3:"基督是每一个人的头,丈夫是妻子的头,上帝是基督的头。"《以弗所书》5:22—23:"做妻子的,你们要顺从自己的丈夫,好像顺从主。因为丈夫是妻子的头,正如基督是教会——他的身体——的头,也是教会的救主。"

简言之,上述这段"驯妻记"或曰"驯妻故事",便是一般读者眼里的完整版莎剧《驯悍记》,并由此在女权主义批评家那里形成一种典型效果:残存在莎士比亚那颗中世纪脑子里,要女性像臣民顺服帝王般顺从丈夫的女性观不堪。且慢下结论!

另有学者从精神心理分析角度提出,莎士比亚的妻子安妮比他大八岁,属典型臭脾气"悍妇",他想驯而不能,只敢悄然不停做起驯妻幻梦,遂在写戏之后,择机编出一部"驯悍记",来满足自己的意淫妄想。诚如爱尔兰裔美国作家弗兰克·哈里斯(Frank Harris,1856—1931)1912年出版的《莎士比亚的女性》(*The Women of Shakespeare*)书中所言:"《驯悍记》中的女性很难使人尊敬,无论凯萨琳娜还是比安卡,作为一个女人,形象都不大有价值,不完美,而寡妇甚至连轮廓都看不清。但当我们弄清莎士比亚的生活和性格时,这个喜剧本身却别有情趣。不管它在舞台上获得多大成功,也不管它在我们的时代受到怎样普遍喜爱,它都是一个极端贫乏的闹剧,这种主题实在不值得喜剧大师去写。剧中某些部分读起来不像出自莎士比亚手笔,但凯萨琳娜和彼特鲁乔间的一些场景,却分明显示出自莎士比亚之手。事实上,这部喜剧是他的作品。人们不能不好奇地问:为什么莎士比亚会写这种没价值的东西?中肯的回答是:他自己有个不幸的婚姻,娶了个嫉妒心强、脾气不好、爱破口骂人的女人。对他来说,这是一桩失败的婚姻,只能睁眼看着。在这部喜剧中,他让人看到不管多厉害的泼妇也能被驯服,不管多大的暴行也能被暴力制服,以此使其自尊心得到安慰。当你以这一观点来看此剧,它的潜意识目的便一清二楚,它的某些缺点也完全可以理解。"①

这似乎几分有理,但从中不难看出,哈里斯对该剧评价不高,认定它是"一部极端贫乏的闹剧"。显然,哈里斯把《驯妻记》当成了《驯悍记》。

然而,从戏剧结构来看,一般读者像哈里斯一样,早已先入为主认为的"完整版莎剧《驯悍记》",只是剧名为《驯悍记》的这部戏里可称之"驯妻记"的主剧情。实际上,整整五幕似乎正戏的"驯妻记"大戏,是题为"诱导"的两场序幕小戏里的"戏中戏"。这样的戏剧架构在全部莎剧中,独一无二。诚然,在此须补充一

---

① 张泗洋主编:《莎士比亚大辞典》,商务印书馆,2001年,第734页。

点,演给脑子不灵光的补锅匠斯莱看的五幕喜剧"驯妻记",结构十分简单,因那位脑子好使的"贵族"担心剧情稍一复杂,破坏掉他的"太虚幻境"。整个剧情沿两条看似平行主线的双重剧情推进:一条,彼特鲁乔迎娶凯萨琳娜,实施驯妻大法,驯服悍妻;另一条,路森修从求婚者中胜出,把比安卡娶到手。至于霍坦西奥娶寡妇,一如哈里斯所说,甚至连寡妇"轮廓都看不清"。因此,简单来说,在剧场里欣赏《驯悍记》的狂喜欢闹效果,远超坐在书房里阅读剧作文本。

换言之,五幕"驯妻记"是序幕"诱导"里喜欢打猎的那位贵族邀请一众戏班子演员,给坠入虚幻梦里、自认是"强大的领主"的醉鬼补锅匠克里斯托弗·斯莱专门演的"一出欢乐喜剧"。实在因其过闹,莎评家也多如哈里斯那样,惯以闹剧称之。美国莎评家巴勒特·温德尔(Barret Wendell,1855—1921)在1894年出版的《威廉·莎士比亚,伊丽莎白时代文学研究》(*William Shakespeare: A Study in Elizabethan Literature*)书中指出:"人们对这部永使人愉快的喜剧考虑越多,越能发现它包含的实际内容越少,它毕竟是一部经过大量删削的闹剧,只是一部很好的闹剧,虽然狂喜欢闹在任何文学时期有其时效短暂的特点,但这部喜剧的有趣是永恒的。再说,考虑到它至少经过三人不同之手的可能性,在娱乐效果上,却惊人一致。很难说这种效果的统一是偶然的,没理由不把这归之于莎士比亚那有着实践经验和技艺高超的妙笔,改写并完成他人极为粗糙的作品。"[1]

---

[1] 张泗洋主编:《莎士比亚大辞典》,商务印书馆,2001年,第734页。

从温德尔所言又不难看出,舞台上表演的《驯悍记》不失为"一部很好的闹剧"。究其原因十分简单,即在伊丽莎白时代写戏的莎士比亚,只为迎合大众口味,为追求舞台演出和剧场效果而写,丝毫不会替几百年之后的读者着想。也因此,今天的戏剧编导们,常把遥远时代的莎剧改编成符合当今胃口的现代戏、音乐剧、歌剧、电影等多种形式。

毋庸讳言,并非所有改编都能赢得掌声,尤其当莎士比亚遇上天敌。例如,对莎士比亚向无好感的爱尔兰剧作家萧伯纳(George Bernard Shaw,1856—1950),1897 年 11 月 6 日在伦敦《星期六政治、文学、科学与艺术评论》(*The Saturday Review of Politics, Literature, Science, and Art*)发文指出:"《驯悍记》是莎士比亚一再试图创作为公众承认的现实主义喜剧的不寻常的范例。彼特鲁乔作为一个人来研究,抵得上五十个奥兰多(《皆大欢喜》剧中人物)。一开场,作者表现剧中人物竖起耳朵倾听一个消息:谁能把一个凶悍女人从她父亲那里娶到手,谁就能得到一笔财产。于是他赶去在别人下手之前谈定这笔买卖。这个剧情当然算不上罗曼蒂克,但人们看到的是一个真实之人一幅朴实精巧的画面,这样的人我们都遇到过。用驯服一个动物的方法降服一个女人,出自他要使自己富起来和生活舒适的决心。为这个目的,他完全可以不用温柔体贴的力量和等待时机。事情进程是可以忍受的,因为此人的自私是正常和善的心理状态,一时任性的虐待也无可厚非。再说,让一个悍妇碰上那么大压力,尝一尝别人凶恶的滋味也是好事。不幸得很,由于莎士比亚自身及其艺术上的不成熟,他不可能把这一喜剧的现实主义水准保持到底,以至于最后一场戏使现代人感到十分恶心,不会有任何一个有文明礼貌感的人能安然坐在这个女人身边,并对这种打赌中的道德及出自这女人口中的说教不感到极大羞耻。所以,这个喜剧,虽仍值得全部和有效上演,但需要加以某些解释和辨别。而加里克对该剧的解说,确是一个可笑的戏后加演的短剧!"[1]萧伯纳此处所言"加里克对该剧的解说",指的是被视为有史以来最著名英国演员之一兼剧作家和导演的大卫·加里克(David Garrick,1717—1779),在18世纪后半叶由《驯悍记》改编成的《凯萨琳娜和彼特鲁乔》一剧。

萧伯纳在文中明确提出,剧终前几个男人打赌看谁的老婆更乖顺那场戏,及凯萨琳娜最后那一大段"女儿经",足使"现代人感到十分恶心"和"极大羞耻"。同时,萧伯纳趁机把莎剧《皆大欢喜》里的奥兰多贬低一通,且认为莎士比亚自身在艺术上不成熟。萧公乃莎翁两大天敌之一(另一天敌是托尔斯泰),名不虚传!但显然,萧伯纳同样把"驯妻记"从"诱导"戏里脱离出来,当成全版《驯悍记》。

不过,莎评家大多比萧伯纳厚道。美国学者托马斯·马克·帕洛特(Thomas Marc Parrott,1866—1960)在其《莎士比亚的喜剧》(*Shakespearean Comedy*)一书中强调:"《驯悍记》真正的戏剧价值在双方争斗中,是意志的撞击和冲突。在现代戏剧家手中,它可能很容易走向悲剧结果。但,莎士比亚不是易卜生,对莎士比亚来说,在心理上不可能想象有一个凯特把背转向自己丈

---

[1] 张泗洋主编:《莎士比亚大辞典》,商务印书馆,2001年,第734页。

夫,走出门时,把门砰地关上,去到那不可知的世界。对他来说,怀有这种想法,那将是同一直存在的中世纪传统观念决裂。我们已经看到,诺亚和他儿子们怎样费力把他反抗的妻子弄上方舟……有一首粗野的民谣'欢快笑话',写一个泼妇被桦树棍打得浑身流血,随后被裹在由一匹名为莫雷尔的耕马腌制的咸肉里。莎士比亚年轻时,这首民谣仍在流行。莎士比亚熟悉鹰的一切习性,他没叫彼特鲁乔用暴力驯服他的野性女人;他叫彼特鲁乔用言语的力量发脾气,而非动手,即便连打带骂,也都是对别人,而非冲着凯特,实际上,这种行为是悍妇自己那种凶狠泼辣的夸大表现。凯特目光敏锐,一眼看出丈夫行为的愚蠢荒谬,当她终于明白这是她自身行为被扭曲的表现时,便心甘情愿抛弃悍妇的角色,而做一个贤惠、可爱的妻子。"[1]

帕洛特提及的那首"粗野的民谣",即前文所述,该剧主来源之一的"快乐笑话","一个凶悍、坏脾气的妻子,因其好品行,裹在莫雷尔的皮里。"在此,不妨照帕洛特所说设想一下,假如莎士比亚把民谣里的家暴行为照搬进"驯妻记",让彼特鲁乔"用暴力驯服他的野性女人",莎士比亚将永在女权主义那里蒙羞受辱。诚然,从莎士比亚塑造比安卡及姑且称之为"比安卡式"众多女性人物来看,其女性观并不渣。何况,"熟悉鹰的一切习性"的莎士比亚之驯妻大法,的确采用了民间驯鹰的"熬鹰"法。

这不是什么秘密。第四幕第一场,彼特鲁乔以独白道出他将用此法驯服"母野鹰"似的新娘:"就这样,精明地开启我的统

---

[1] 张泗洋主编:《莎士比亚大辞典》,商务印书馆,2001年,第735页。

治,希望圆满结束。我的猎鹰现在饿得厉害,饥肠辘辘,在她飞扑之前,决不能喂饱,因为那样,她不会留意诱饵。驯服我的母野鹰,我还有一招,让她来熟悉饲养者的呼叫,那就是,让她熬夜,像我们驯服那些扑棱翅膀不肯顺从的鸢鸟一样。今天她没吃肉,明天也没肉吃。昨夜她没睡,今夜也甭睡。如同对那盘肉,我要找出床的毛病,把枕头扔这儿,靠枕扔那儿,床罩扔这边,床单扔那边。对,在这通混乱中,我假装所做一切都出于对她恭敬、呵护。总之,让她整宿熬夜,哪怕打个盹,我要又吵又骂,闹得她永远醒着。这是拿温情杀妻的法子,这样我才能勒住她疯狂、任性的脾气。"

2. 在乔纳森·贝特莎评视阈下[①]

英国当代莎学家乔纳森·贝特(Jonathan Bate)在其编注"皇家莎士比亚剧团版"(简称"皇莎版")《莎士比亚全集》《驯悍记·导论》中指出:"《驯悍记》不大可能是最受欢迎的莎剧之一。恰如大屠杀(犹太人)之后的世界对(《威尼斯商人》中的)夏洛克之描绘,其对女性从属地位之展示,表现出同类自由情感之尴尬。只看表面,该剧提出,娴静、顺从的女性令人满意,反之,有性格的女性必身心一同遭虐受'驯',必要手段可包括饥饿、感官剥夺,及那种极权政权实行的扭曲'现实'。"

贝特用调侃之笔点明,彼特鲁乔在自己偏远的乡野别墅驯服了凯特,那儿没有街坊四邻听她喊叫。随后,在回帕多瓦的路上,有了第四幕第五场的情景:

[①] Jonathan Bate & Eric Rasmussen 编:*The Taming of the Shrew · Introduction*,外语教学与研究出版社,2008年,第526—528页。

彼特鲁乔	看在上帝分上,快走!再去岳父家。仁慈的主,月亮照得那么明亮、耀眼!
凯萨琳娜	月亮?是太阳!现在哪来的月光。
彼特鲁乔	我说月亮照得那么明亮。
凯萨琳娜	分明太阳照得那么耀眼。
彼特鲁乔	现在,以我母亲的儿子——那是我自己——起誓,没到您父亲家之前,它就是月亮,或星星,或我乐意的什么。——(向众仆人。)去个人,把马都牵回来。——永远作对,作对,死活作对!
霍坦西奥	(向凯萨琳娜。)顺口随他说,否则,咱们永远去不成。

的确,如贝特所说,此时受过"驯"的昔日泼辣悍妇,"屈从丈夫意志,已准备证明,她准备好爱他、侍奉他、顺从他"。

在剧终落幕之前,以自我驯顺帮丈夫赢下赌局、挣得脸面的凯特,深知"一个女人之顺从丈夫,/犹如臣民顺从帝王"。要把双手"放在自己丈夫脚下"。对如此场景,贝特写到:莎士比亚晚期合作者、年轻剧作家约翰·弗莱彻明显觉得,这个残酷结局需反戈一击。弗莱彻为莎剧《驯悍记》续写了一部《女人的战利品》(*The Woman's Prize*),亦称《遭驯服的驯妻者》(*The Tamer Tamed*)。该剧写凯特死后,彼特鲁乔再婚,迎娶富豪千金马利亚。这位续弦照彼特鲁乔驯服前妻的方子抓药,新婚之夜即用古法"驯夫",

拒绝圆房,直到丈夫乖乖听老婆的话为止。既与《驯悍记》反道而行,剧名显然叫《驯夫记》更妥。除此之外,弗莱彻让"凯特的妹妹比安卡在一场女性赢得胜利的两性之战中,扮演上校角色,以此证明莎剧中彼特鲁乔对发妻之暴虐是一种蠢行"。

由此,贝特继而描述:"在莎士比亚时代,认为男人乃一家之主属绝对正统观念,正如君王乃一国元首,上帝乃宇宙元首。在《暴风雨》(The Tempest)中,普洛斯彼罗(Prospero)之女米兰达(Miranda)多回几句嘴,父亲便说'拿脚丫子教脑袋',意即男人是头,女儿是脚,亦如《科里奥兰纳斯》(Coriolanus)中一介平民只是共和国的'大脚趾'。凯特之所以准备把手交给男人践踏,等于把社会等级和身体等级间的类比变成舞台形象。但她比该守之本分走得更远:妻子不该身处男人脚下,应成为家庭的核心。这时,彼特鲁乔并未欢呼胜利,而是第三次说'凯特,吻我。'"

贝特这篇导论中,有一长一短两处评述耐人寻味,且具弦外之音。

第一处略短:"有时采用的方法正相反:一个艺术家给作品加上引号,意即'别太较真,别误把假装当"真实"。'《驯悍记》正是这类作品,克里斯托弗·斯莱的开场戏将全剧放入引号,'诱导'向喝醉的补锅匠呈现出一系列意愿满足的幻景:幻想自己是位领主,妻子年轻貌美,上演欢愉的情色场景供其享受,一众职业演员表演对其独有好处的'故事',意在使其'开心快乐',同时教他如何驯服凶悍之妻。但斯莱不是领主,陪他看戏的'妻子'不是女人,不过是一个身穿女装的男仆(这提醒我们,在莎剧世界里遭彼特鲁乔羞辱的凯特,也不是女人,而是一位易装的男童演员)。这一框架效果意在'疏离'剧情,由此暗示,该剧并未表现实际婚姻关系之'现实'。既然斯莱不是领主,侍童不是妻子,那也不存在如何驯悍。"

在序幕第二场结尾处,斯莱发问:"怎么,演家里的零碎事儿?"侍童回答:"演个故事。"贝特在此明确,这即将开场,演给斯莱、纯属于家长里短"零碎事儿"的驯妻故事,正是由莎士比亚以"诱导"给"加上引号"的假装的"真实",意即《驯悍记》绝非婚姻中之"现实",而只是一个让尚未清醒的醉鬼信以为真的虚妄梦。言外之意,谁以为"驯悍记"代表莎士比亚的真思想,与醉鬼何异?!

第二处稍长:"霍坦西奥向比安卡求爱过程中受了蒙骗,转而为金钱娶了寡妇,后者显出难驾驭的迹象,凯特便给她上了一课。凯特这番教女人顺从的著名演讲的头半段,用单数人称,是讲给寡妇一人听的,并非泛指女性:'你的丈夫,就是你的主人,你的生命,你的保护人,你的头,你的君主。他关心你。'并非总有人能领会出这话里的反讽:对比凯特所开药方,在这桩婚姻里,将由妻子,富有的寡妇,提供'花销'——霍坦西奥得以免受养家糊口之累。按凯特所说,爱、美丽容貌和真心顺从是丈夫对妻子的全部要求;这被说成妻子对丈夫'欠债巨大,回报太少!'但观众明白,假若这样,霍坦西奥欠下全部的债。何况,在此之前,他自己说过,不再对女性传统'美丽容貌'的属性感兴趣,——他只想要钱。凯特对顺从的看法显出怪异,她所提建议与这桩婚姻本身无关。"

贝特在此所说"单数人称,是讲给寡妇一人听的,并非泛指女性"这句话,至为关键!它再明显不过地强调,这段"女儿经"并不具有训导女性之功用,何况,在凯萨琳娜开口之前,寡妇本人也坚决拒绝:"我们不想听。"可见,女权主义批评家,或错怪了莎士比亚。

贝特继续分析:"随后是凯特的妹妹。彼特鲁乔的'驯化(悍妇)学校',与路森修和霍坦西奥要扮成家庭教师以接近比安卡的企图相对抗。在路森修扮成拉丁文教师追求比安卡这场戏里,比安卡的回敬不落下风,她乐得拿奥维德(Ovid)的情爱手册《爱的艺术》(*The Art of Love*)与这位冒牌教师调情。这种关系提供出一种基于双方意愿和认同之上的求婚和婚姻模式;比安卡逃出16世纪她那个阶级女性的命运,即通常听凭父命,嫁给像有钱的老格雷米奥这样的配偶。若要说点什么,比安卡势必成为占主导地位的配偶。她没像寡妇那样听凯特说教,并在最后和丈夫的舞台对白中占据上风。她像《无事生非》(*Much Ado About Nothing*)剧中的比阿特丽斯(Beatrice)一样,比自己男人更会玩文字游戏。人们几乎想知道,她是否与冒牌,而非'真实的'路森修更般配,也就是说,那个聪明的仆人特拉尼奥给剧情的车轮加了油,还不时发出抢戏威胁。

"尽管凯特被制服,但双重剧情保证该剧并非单纯替驯悍辩护。但凯特真屈服了?要么,这顺从是她与彼特鲁乔所玩游戏的一部分?是他们俩的婚姻,而非别人的婚姻,吸引着剧场观众。有凯特这般活力的女人,想必会厌烦路森修这种传统恋人。因凯特和彼特鲁乔的性情都属'胆汁质',两人十分般配;两人的火暴脾气使彼此相互吸引,对我们也富有魅力。当两人第一次私下相遇,分享一个关于性的笑话('用我舌头舔您尾巴')时,从那一刻起,两人便似乎明白,彼此为对方而生。'两股烈火相聚一处,或许不会有一个轻松的婚姻,却肯定不会有一个沉闷的婚姻和被动的妻子。'"

贝特论析的落脚点,或许在于提示,彼特鲁乔与凯萨琳娜属于人们俗称的那种"天生自带夫妻相",即便是怨偶,也属于天造地设,与"别人的婚姻"无关。说到底,实在没必要把《驯悍记》视为中古的莎士比亚向现代女权主义发起的挑战。

3. 在哈罗德·布鲁姆莎评视阈下[①]

美国学者、"耶鲁学派"批评家哈罗德·布鲁姆(Harold Bloom,1930—2019)的莎评名著《莎士比亚:人类的发明》(*Shakespeare: The Invention of the Human*)中,专章论及《驯悍记》,布鲁姆以诙谐之笔开宗明义:"《驯悍记》以两场十分奇特的名曰'诱导'的戏开场,在这两场戏中,一个专爱开玩笑的贵族骗喝醉酒的补锅匠克里斯托弗·斯莱陷入妄想,以为自己是个强大的领主,正要看一场凯特和彼特鲁乔的表演。这使得凯、彼两人的喜剧及《驯悍记》其余部分,成了戏中戏,这似乎与其在观众中的典型效果完全不符。虽说'诱导'写得巧妙,却同莎士比亚所写其他六部喜剧一样,或好或坏,均与《驯悍记》相一致。批评的独创性提出几个在克里斯托弗·斯莱和彼特鲁乔之间进行类比的方案,但我未被说服。然而,即便我们猜测不出,莎士比亚也在'诱导'戏里自有某些戏剧性目的。莎剧《驯悍记》结尾没把斯莱带

[①] 此处参考 Harold Bloom, *Shakespeare: The Invention of the Human*, The Berkley Publishing Group,pp28—35.

回来,或因其幻灭必定残酷,还会妨碍凯特和彼特鲁乔的双赢,他们显然是莎士比亚笔下最幸福的夫妻(除了麦克白夫妇,麦夫妇最终分离,结局很糟)。关于'诱导',有两点大体令人信服:它一定程度上拉开了我们与《驯悍记》表演的距离,也暗示着社会混乱是一种疯狂。斯莱,渴望超越自身社会地位,变得像《第十二夜》中的马伏里奥一样疯狂。"

布鲁姆言简意赅地从剧情结构角度说明,"凯、彼两人的喜剧"是此时真以为自己是"强大的领主"的补锅匠斯莱,正准备看的"一场表演"。但在这场"表演"结束时,莎士比亚并未让斯莱再露面,以便同序幕前后呼应,不料却因此导致后世一些读者(或以中译本读者居多?)误以为《驯悍记》里根本没"序幕"这回事。按布鲁姆所说,斯莱是马伏里奥的前身。也因此或可以说,莎士比亚拿戏剧搞笑的本领,远大于思想批判;而后世批评家们却擅于从莎士比亚的搞笑里,尽力挖掘后者,似乎完全不考虑有无过度阐释之嫌。

布鲁姆还说:"由于凯特和彼特鲁乔社会地位平等,其自身错位可能是他们共同且相当暴力的表达方式,彼特鲁乔'治愈'凯特,代价是他将自身的狂暴增至极端,几乎无法与偏执狂区分。在这桩婚姻中,谁治愈谁,谁被谁治愈,仍是一个引人不安的问题。毫无疑问,这桩婚姻将凭借强大好战的共同阵线,保持婚姻本身(凯特比她咆哮的孩子气的丈夫更精明)抵抗一个吓唬人的世界。我们都知道一两桩与他们类似的婚姻;我们能赞赏什么有效,我们也决心远离一对如此自我封闭,如此不关心他人或他事的夫妻。"

"也许,莎士比亚以无尽之微妙,暗示克里斯托弗·斯莱和这对幸福夫妻间的一种类比,每人都在自己梦里,我们不会看到斯莱醒来,凯特和彼特鲁乔也永远不需要中止。他们最终共同的现实是一种对抗我们中的某些人的阴谋:彼特鲁乔可以大摇大摆,凯特将统治他和这个家,永远扮演改过自新的悍妇角色。有些女权主义批评坚称,凯特嫁给彼特鲁乔违背自己意愿,这是不真实的。虽说你必须仔细阅读,但彼特鲁乔坚持说凯特对她一见钟情,是准确的。她怎么不能呢?她因其可怕的父亲巴普蒂斯塔,陷入狂暴和愤怒之中,巴普蒂斯塔更喜欢真正的悍妇——他平淡的小女儿比安卡,充满活力的凯特急需救援。趾高气扬的彼特鲁乔在她心底激起双重反应:表面上愤怒,内心里落败。《驯悍记》持久不衰并非来自观众中的男性虐待狂,而源于男女双方相似的性兴奋。"

布鲁姆从两性精神心理分析角度不无调侃地犀利指出,并非大男子主义丈夫们乐见彼特鲁乔驯悍妻,那些对自己家庭地位持乐观态度的妻子们,同样喜欢这种故意演给外人看的"阴谋",因为她们心里十分清楚,这不过是两口子的双簧戏,真正在家里做主的是妻子,像《驯夫记》里的马利亚那样,不是丈夫。这正如布鲁姆继所分析的:"《驯悍记》既是一部浪漫喜剧,也是一部闹剧。凯特和彼特鲁乔相互间的粗鲁造成一种原始的吸引力,然其关系之幽默高度复杂。对于凯特,可爱的恶棍彼特鲁乔实际上是一种理想——也可说,是一种过于坚定的——选择,她要把自己从家庭境遇中解放出来,这远比彼特鲁乔的滑稽可笑更令人抓狂。彼特鲁乔对外咆哮,内心却是另一番景象,凯特看到了,理解了,克制了,终获彼特鲁乔认可。两人间的言辞战争始于双方的性挑逗,婚后,彼特鲁乔用小孩子耍脾气似的夸张游戏取代这种挑逗。值得注意的是,无论凯特最初在食物、服装等方面受过什么罪,真正的痛楚只在那一刻,当彼特鲁乔婚礼故意迟到之时,她担心自己遭遗弃。"

第五幕第一场,"乖妻"凯特与"悍夫"彼特鲁乔在路森修家门前,合演出幸福甜美的婚后首场双簧:

凯萨琳娜	丈夫,咱们跟进去,看这场纷扰的结果。
彼特鲁乔	先吻我,凯特,吻完进去。
凯萨琳娜	什么,在街道中间?
彼特鲁乔	怎么,你替我害羞?
凯萨琳娜	不,先生,上帝不准。亲吻多害羞。
彼特鲁乔	哎呀,那回家。——来,小子,咱们这就走。
凯萨琳娜	不,我给你一吻。(吻他。)现在求你,爱人,留下。
彼特鲁乔	这不好吗?——来,我亲爱的凯特。
	迟来总比不来好,因为永远不嫌晚!(同下。)

在此,布鲁姆不由感慨:"一个音盲(或思想发狂)之人,才听不出这首婚姻最幸福时刻的精巧音乐。我自己总以这段对话开讲《驯悍记》,因为它对关乎该剧收到的所有废话,无论新、旧,都是一剂强力解药。(该剧最近一个版本摘录了英国文艺复兴时期谈及殴打妻子的手册,人们从中得到启迪,知道大体上不建议这样做。既然凯特打了彼特鲁乔,彼特鲁乔并未报复——尽管他

警告她别再重复这种感情上的过度表现——我没搞懂该版本为何会提到打老婆。)更微妙之处在于该剧结束前凯特那一大段著名台词,对女性对待丈夫的行为提出建议。再说一遍,极为缺乏想象力之人才会听不出这一精妙反讽,那是凯特的伴唱,核心落在'我很惭愧,女人如此愚蠢。'这句伟大的台词上。要给这位女演员一个充分机会,它需要一个十分出色的女演员妥帖处理好这个固定套路,还需一个比我们现有更好的导演,因为这位演员正建议女性如何在假装顺从的同时,去绝对统治。"随即,布鲁姆不惜篇幅,将凯萨琳娜那段最著名的,剧终前劝诫霍坦西奥之妻"寡妇",做妻子要顺从丈夫的那篇"女儿经",做了全文引述——
"(向寡妇。)呸,呸!解开那凶狠吓人的眉头,别从双眼里瞥出嘲弄的目光,去伤害你的丈夫,你的国王,你的主宰。它玷污你的美丽,像霜冻噬咬草地;毁坏你的名声,像旋风摇落美丽的花蕾;一无可取,不妥当,也不可爱。一个动怒的女人,像一池搅动的泉水,浑浊、丑陋、黏稠,丧失美丽。到如此情形,没一个嘴干或口渴之人,哪怕附身抿一小口,或触碰一滴水。你的丈夫,就是你的主人,你的生命,你的保护人,你的头,你的君主。他关心你,为供养你,在海上和陆地,投身繁重的劳作,在暴风雨和寒冷中守夜、度日,而你,暖和地待在家里,牢固、安全。除了爱、美丽容貌和真心顺从,他并不渴求你手边的贡品。——欠债巨大,回报太少!一个女人之顺从丈夫,犹如臣民顺从帝王。她一旦任性、固执、乖戾、阴郁,对他贤德的意愿不顺从,那对于敬爱的主人,她不就是一个可耻争斗的叛逆和罪恶的反贼吗?——我很惭愧,女人如此愚蠢,在理应跪求和平的地方挑起战争,或本该服侍、敬爱和顺从之时,寻求统治、霸权与主权。我们的身体为何温软、柔弱、光滑,不适于在世间辛勤、劳苦,岂非皆因我们温软的特性和内心,本该与体外各部分完全相符?——(向众女人。)得啦,得啦,你们这些任性、无能的可怜虫!我的心灵曾和你们的一样傲慢,我的勇气一样强大,我的理由或许更多,以斗嘴换斗嘴、以怒容换怒容。但我现在看出,我们的长矛只是稻草,我们的体力如稻草般柔弱,我们之弱,弱到无可比拟,——貌似最强,实则最弱。所以降下胃气,因为它没用,/把你们双手放在自己丈夫脚下。/为表示这种顺从,只要他高兴,/我的手已准备好,愿给他快乐。"

从引文中的"舞台提示"可知,凯萨琳娜前面大部分"女儿经"是对寡妇一个人说的,后边一小段面向"众女人"。布鲁姆在此刻意强调:"我之所以完整援引这段话,正因其冗赘和夸张的顺从,作为一种私密语言或现已完全被凯特和彼特鲁乔共享的密码,对其本质来说,至关重要。"同时,布鲁姆不无调侃且耐人寻味地分析,凯萨琳娜嘴里的"真心顺从""远没有所声称的那么真诚,甚或性政治若被激发出来,它也像伊甸园一样古老。(男人的)'强大'与(女人的)'柔弱'互换了各自含义,因为凯特说教的并非表面的从属性,而是她自我意志的艺术,一种远比该剧开场更精妙的意志。这段演说,引爆彼特鲁乔高兴(而过于坚决)的回应:'啊,这才是女人!——来,吻我,凯特。'你若想把这当成一部'问题剧'高潮时说的话来听,那也许你本人即问题所在。凯特无须接受'提升意识'的教育。莎士比亚显然更喜爱笔下的女性角色,而非男性角色(福斯塔夫和哈姆雷特总是例外),他从写戏之初,就透过巧妙暗示女性具有更真实的现实感,来扩展人性。"

布鲁姆所言极是,"扩展人性"是莎士比亚的拿手好戏!